ことのは文庫

おとなりさんの診療所

獣医の祖母と三つの課題

蒼空チョコ

JN103020

MICRO MAGAZINE

Contents

目次

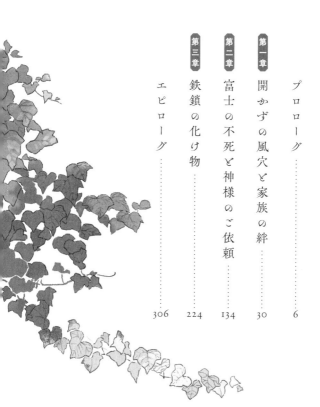

Characters

登場人物

芹崎《せりざき》小夜《さよ》 ❖ 薬学部へ通う大学生。祖母の診療所に採用されるべく奮闘する。

芹崎《せりざき》美船《みふね》 ❖ あやかし相手に診療所を営む獣医。小夜の祖母で憧れ。

葛飾《かつしか》斑《まだら》 ❖ 美船に師事する半妖。小夜の想い人。

センリ ❖ 小夜に取り憑く、黒猫の姿をした守護霊。

ミケ ❖ 美船の診療所へ入り浸る化け猫。

おとなりさんの診療所

獣医の祖母と三つの課題

プロローグ

我が家、芹崎《せりざき》動物病院には、昔から〝人以外のもの〟が出入りをしています。来院する大部分はふっさりした毛皮に包まれたかわいい子たち。仕事内容はもちろん彼らを治療することです。

「かわいそうに。こりゃあ深く切ったもんだね。縫ってやろうか」

祖母は野良の治療に関してはぼやきがちです。

そもそも飼い主がいなければ治療費が支払われないので家計を圧迫するし、野良なら感染症や寄生虫病を患っていることが多く、処置室や入院室も汚染されかねません。

それでも「仕方ないねえ」と零して獣医師としてのやりがいを体現していました。

今も昔も変わりません。私が尊敬する姿です。

幸か不幸か、その心優しさが我が家を少々特殊な動物病院にしました。

『ありがとう、親切な人。最近はあやかしの力も弱まって治りにくいったらありゃしない。助かったよ』

若かりし頃の祖母がそうして猫又に治療した結果、評判が評判を呼び、〝あやかし〟も病院に集まるようになりました。

意外かもしれませんが、あやかしだって病気になるのです。

何故なら彼らは想像と現実の落とし子。人が説話を畏《おそ》れないと弱る生き物です。だというのに科学は彼らを否定するばかり。よき隣人だった彼らにとって人の世界はもう辛く苦しいので、仏教用語にちなんで『娑婆』と称されるほどになりました。

だからこそ、この不思議な隣人も治療できる獣医師は重宝されています。

しかし、超常的なものが集まればいつかは事件が起こるもの。

祖母が母を産み、母が兄と私を育てているうち、我が家に出入りするあやかしを目撃する人が一人、二人と増え——ある噂が生まれました。

芹崎動物病院で見られる化け物は『苦しんで死んだ動物の霊では？』というものです。

そんな畏れと信仰心があやかしを生むことに、誰も気付きませんでした。

結論からいえば、私、芹崎小夜《さよ》はこうして生まれた悪霊に憑《と》りつかれたそうです。

当時は何とか事なきを得たものの、祖母は大きなショックを受けました。

そしてもう二度とこんなことが起こらぬよう、祖母は父母に動物病院を継がせ、あやかしと共にこの世界の裏側、まほろばと呼ばれるところへ去ってしまったのです。

それが十三年前。私が小学生になったばかりの話。

私が憧れた人はこうして家族を捨て、あやかしの世界に診療所を開いたそうです。

□

長い人生、誰にでも一度や二度の転機が訪れるそうです。

私、芹崎小夜にとっては大学二年目の終わり辺りがまさに二度目の転機でした。

カフェのお手洗いで鏡を前に身支度を整えます。

普段はカーディガンやストールなどを合わせた落ち着いた服装を好みますが、今日は動きやすいデニムと上着です。肩を過ぎるくらいの髪の下にマフラーを通し、結びました。

外歩きの服装ができたところでハイ、決め顔。

ここぞという時はしっとりとしたこの笑顔で魅了してやりましょう。

私はお手洗いを出て、店内奥側の目立たない席に戻ります。

「すみません、待ちましたか？」

キャリーケースを置いておいた席に座り、向かい側でお座りしている相手に問いかけます。

無口なもので、その相手はくああと大あくびで応えました。

その姿があまりにもかわいらしいので手を伸ばすと、ぺちり。

私の手は容赦なく叩き落とされます。

ネコパンチならぬタヌキパンチというところでしょうか。

「刑部《ぎょうぶ》ちゃんは本当につれないですね。ともあれ、私が一人で喋っていると変な目で見られちゃうので店を出ましょう。ちょうどいい具合に逢魔《おうま》が時《とき》になってきましたしね」

少しばかりの緊張を胸に、時計を見ます。

テーブルにお座りしている化け狸のあやかし、刑部に語りかけると私の肩によじ登ってくれました。

横顔にふんわりとした毛皮が触れて幸せな感触です。

キャリーを引いてお会計に向かうと、店員さんは眉を上げて見つめてきました。

視線の先は刑部――ではありません。私のみを見ています。

「とてもいい顔をされていますね。お店を楽しんでもらえましたか？」

「あっ、はい。外国風でおしゃれなカフェだって大学でも人気です。楽しめました」

悪戯好きな隣人にとって、人の認識をいじって自分を見えなくするのは朝飯前。

化け狸の毛皮が当たって和んでいましたなんて言えないので、私は店員さんに愛想笑いを浮かべて会計を済ませました。

不揃いのレンガで作った壁、ガラス張りの天井での採光、剝き出しの配管などは確かに雰囲気で魅せる様式でしたね。目的の時間まで十分に楽しめたと思います。

では、本題に参りましょう。

私は人通りが多い道から早々に外れ、暗い路地裏に足を踏み入れます。

すると暗がりに一つの影を見つけました。

「おやおや？　猫ちゃん、こっちへどうぞ。もふもふしてあげま——へっくし！」

呼びかけた次の瞬間に出たくしゃみのせいで猫はすぐさま退散してしまいました。

きっと、そよ風がアレルゲンを運んだのでしょう。私は鼻をすすり、猫の背を泣く泣く見送ります。

この通り、私は幼少期から動物アレルギーに悩まされています。

それはもう人生を左右するレベルで、家族経営の動物病院に加わりたくて獣医師を目指そうとしたのに、猛反発を食らって進路変更を余儀なくされたほどでした。

まあ、それについてはもういいのです。

大切なのは自分が何をしたくて、何ができるのか。

私の望みは動物に囲まれて仕事をすること。

その上で自分にしか助けられないものを助けられたら文句なしの満点です。別の手段があれば割り切りもしましょう。

そう、別の手段。

それは祖母が切り盛りするあやかしの診療所で働くことです。

なにせ患者は半ば空想の産物。犬猫とは違うので、動物アレルギーも関係ありません。

もっとも、祖母は過去のこともあって私が見習いとして働くにも条件をつけました。

一つ、役に立つ技能を身につけること。

二つ、相応の問題解決能力があること。

こんな条件を引き出せたのも私が薬学部に入ってようやくです。

実際に被害を被《こうむ》った私より過去が尾を引いているのは明らかですね。

大切な家族で、憧れの人です。全ては、原因たる私の行動で変えなければなりません。

「ええと、今回の困った子の目撃情報はどうでしたか」

コンビニでも買えるゴシップ雑誌を片手に私は刑部に話しかけます。

「刑部ちゃん。ほら見てください、この記事。やっぱり怪奇現象は京都や関東に多いですね。これは京《きょう》や江戸《えど》に溢れた怪異譚《かいいたん》の名残らしいですよ」

あやかしを追うならゴシップ記事にSNS、ネット掲示板という不確かなものこそ役に立つのは面白い特徴と言えるでしょう。

鶏が先か卵が先かはわかりませんが、噂ある場所に彼らはいます。

しかしご用心。

あやかしは妖怪、妖精、幻獣など、人食いも含めた化け物。侮ってはいけません。

「私のように二十歳《はたち》の乙女なんて人食いから見れば美味しいお肉です。備えているとはいえ、もしもの時はよろしくお願いしますね？」

肩に乗っている刑部はちゃんと聞いてくれているのか非常に怪しいですね。

声をかけても、うなじを嗅いで甘噛みしてくるだけでした。くすぐったいのを我慢して件《くだん》の雑誌をめくっていると、刑部はあるページをたしたしと叩いて止めてきます。

話を聞いてくれていて何より。

二人して覗き込む見出しは『雷雨の夜、動物形の球電現る』です。

「そう、この事件です。いかにも電気に関わるあやかしなので、絶縁服とかゴム手袋とかを用意してきましたよ。――よし。どうです、似合っていますか?」

キャリーから絶縁服などを出して身に着けると、デザインコンテストの出演者を思い描いて、くるり。

意地の悪い兄ならば「売れない芸人のド派手スーツみたいだ」などと冷やかしたでしょうが、普通なら社交辞令の一つも期待していいものです。

さあ、刑部ちゃんはどういう反応でしょう。

お座りをして見上げてくるところを抱き上げ、意見を求めてみます。

すると前脚でつっかえ棒をされました。

この狸、私に対しては本当に愛想がありません。

「くっ。まあ、肉球の感触に免じて許すとしましょう」

噂をもとに対策を講じるのはあやかし相手だと割と有効です。

なにせ彼らの力の源は人の畏れや信仰心。

自分をもてはやしてもらえないと力にならないので、噂の中に答えがあるわけです。

この路地裏では陽暮れに何度か球電現象が見られ、動物じみた形だったこともあるとのことでした。

その正体を探し求めていると、ちりんちりんと鈴の音が聞こえてきます。

それは私を先導するように前方へと遠ざかっていきました。

これは刑部の仕業ではありません。十三年前から憑いてくれている守護霊様の気まぐれです。

「そっちなんですね。ありがとう」

守護霊にお礼を告げて、私は歩き出します。

時折聞こえる鈴の音を頼りに進むと、明滅を繰り返す街灯に行き当たりました。

薄暗い路地裏に、これです。いかにも何かが出そうな雰囲気ですね。

次第に高まってきた緊張を深呼吸で吐き出します。

大丈夫。

万全の準備をしているのだから、何とかなります。夢の実現のためにも、この壁は乗り越えなければなりません。

「さあ、確かめましょうか」

見つめていると、ぼうと青い炎が生じました。

一つ、二つと手の平大の炎が灯り、幽遠な揺らめきが増えていきます。

人の世に零れ落ちてきた超常の者たちの御登場です。

「プラズマの塊が宙を漂うという球電現象。海外ではブラックドッグの仕業とか言われますよね。日本では鬼火と言われることもありますし、君たちも間違いではないんですけど。ちょっと退《ど》いてください。本当に困っているのは別の子だと思うんです」

しっしと手で払い、私はさらに奥を見つめました。

鬼火はそれこそ土地の精霊みたいなもので、どこにでもいます。

今回の噂は彼らの特徴にも似ているのでおまけで元気になったのでしょう。

しかし本命は別。

刑部を肩から降ろし、キャリーから銅製のアース棒と針金、濡れタオルを取り出します。

電気を放つ相手ならば、落雷と同じ対策は欠かせません。

道路脇に覗く地面にアース棒を打ち付けるなんて奇行に走りつつも徹底的に下準備し、しゃがみこみます。

「ぐるるるっ……」

思った通り、街灯の陰には一頭の獣がいました。

犬やタヌキに近いけれど、そのどちらとも決定的に違います。

後肢は二対、尻尾も二又に分かれ、こちらと目が合うやぱちぱちと電気を散らすのですから、まさに超常の生き物というほかありません。

重要なことを確認しましょう。

このあやかしは何者でしょうか。

「球電現象の正体ちゃん。君は雷獣ですか？　それとも――」

「フギャッ！」

元気よくお返事なんてわけがありません。

野良の子猫と同じく毛を立てて威嚇を示した獣は、ばちりと紫電を放ちました。

やっぱりこうなりましたね。

準備していた濡れタオルを投げます。

濡れタオルは避雷針のように紫電を浴び、そのままあやかしの頭に被さりました。

警戒している動物に上から手を出すのに同じ。タオルが被さった瞬間、あやかしは暴れて今まで以上に激しく紫電を散らします。

こんなものに触れればどうなるかわかったものではありません。濡れタオルとアース棒を針金で結び、電気を逃がす細工をしておいて正解です。

いえ、それでもまだ足りないのか、余剰の紫電が辺りで弾けるので後退しました。

じっくり待ちましょう。

こういうタイプは電気ウナギの捕獲手順と同様に放電させてからの捕獲が鉄則です。

「ようやく落ち着いてきましたか」

ばちりばちりと跳ね回っていた紫電が収まり、ほっと胸を撫で下ろします。

このあやかしは晴天の日であれば比較的大人しいそうな。放電した今ともなれば威嚇もなくなりました。

ちなみに、私のボディガードは全く動じていませんでした。

ちょこんと座ったままの刑部は近くで紫電が跳ねると前脚でぺしり。

物理法則も無視して叩き落とし、タバコの火のように地面で揉み消していました。多少は熱いのか脚を振った後に舌で舐めていましたが、元の位置から動いてもいません。

私にとっては暴れる電線並みの脅威がこれです。

彼らあやかしは動物以上の素晴らしさもあれば、恐ろしさもまた上回ります。

さて、捕獲も大詰め。

私は再び深呼吸で心臓を落ち着け、カバンからジャーキーを取り出します。

「怖くないよ。おいで？　君の噂が悪い方向に深まったら魔祓《まばら》い師《し》さんが来ちゃいます。だから今のうちにまほろばに帰りましょう。その傷も治してあげますから」

私の手が届かないところにジャーキーを放り、様子を見る。

人を驚かす程度で自然治癒するなら放っておきたいところですが、そうもいかない事情もあります。

これもお伽噺《とぎばなし》と同じ。

彼らの化かしが度を過ぎる場合、それを退治する魔祓い師が現れるのです。

簡単に言えば、陰陽師やエクソシスト的なアレですね。

警察のように頼もしい存在ですが、あやかしは傷を治したい一心で騒ぎを起こすこともあるのです。

それを人に仇なすからといって殺すなんてあんまりでしょう。

これも私が祖母の仕事を継ぎたいと思った一因です。

空腹だったのか、鼻をひくひくさせていたあやかしはジャーキーに食いつきました。

それを咥《くわ》えて陰に戻る際、私はこの子が何に苦しんでいるのか見て取ります。

左後肢に傷があり、広範囲が赤く炎症を起こしてじゅくじゅくとしていました。

足に痛みや痒みがあり、舐め続けているうちに皮膚炎となったのかもしれません。炎症の中心部が膿んでいることから、単なる舐め壊しとも違いそうです。

例えば傷口に何かが刺さったままとかがありうる線でしょう。

「君はもしかして生まれたばかりですか？　それならなおさら保護しないとですね」

あやかしは長く生きるほど知恵も備えるので割と意思疎通ができます。

足に寄りかかり、視線で訴えかけてくる刑部がいい例でしょう。『ジャーキーちょうだい』と主張しているのがありありとわかりますね。

こんな具合です。

撫でようとしても避けるし、両前脚を合わせておねだりする愛想もありません。けれどもこれはこれで心くすぐられる距離感です。

カバンの匂いをふすふすと嗅ぐ刑部に頷きかけます。

「ジャーキーはあげるので、この子を保護したら近くの神社までお願いしますね？」

刑部に大きな欠片を与えた後、あやかしには小さく千切って与えます。

そうして徐々に距離を縮め、手渡しや頭を撫でるところまで許容してもらえばこっちのもの。ゆっくりと絶縁服を被せて抱き上げました。

「刑部ちゃん、それじゃあよろしくお願いします」

声をかけると刑部の容姿に変化が表れました。

柴犬よりも小さな体つきが見る間に巨大化し、クマと見紛《みまが》うほどになります。

一月末という時期もあって冬毛が豊かなため、一回り大きいくらいかもしれません。

「よいしょっと」

苦労して跨《また》がると、刑部は走り出しました。

途中、一般人の真横をすれ違います。

後追いの風にあおられて初めて反応するだけで、巨大な獣に騎乗した私に驚いた様子はありません。

カフェで店員さんが気付かなかったのと同じですね。

あやかしにとって人の認識を化かして自分たちの存在を隠すのは基本技能なのです。

程なく到着した先は我が家の分院——ではなく、とある神社でした。

あやかしが穏やかに暮らすのは、この世界の裏側。

私がそこに渡るための手段はこういった神域にあるのです。

そこへの通行証は、ベルトループに提げた藤皮紙《とうひし》の栞《しおり》。二拝二拍手をしていると御朱印のように刻まれた文字が光を発しました。

「タケミナカタ様。どうかまほろばにお導きください」

願いが聞き届けられたのでしょう。風が吹きつけたかと思うと景色が塗り替わりました。

目の前に広がるのは冬の季節もお構いなしに穂を垂れる黄金色の稲原。

そこかしこに見えていた建築物の多くは消え、蔦《つた》や雑草に呑まれていました。

まともな人工物といえば稲原の外縁に延びた砂利道のほか、その路傍にあるカウベルのような台形の置物くらいでしょうか。

それには藤蔓《ふじつる》が絡んで枝葉を広げています。

人の営みも、それを浸食する自然回帰も、何となく懐かしさを感じさせる原風景も混ぜこぜに含む場所——それこそがあやかしたちの世界、まほろばのありようです。

天地創造の神様もいれば、人の営みに密着したあやかしもいる。そんな彼ららしい世界だと、私は思っています。

さて、このまほろばは土地神様などの影響で様々な様相を見せるものです。

我が家がある山梨県《やまなしけん》甲府市《こうふし》の裏側を例にしましょう。

路傍のカウベルに似た置物、鉄鐸《さなき》と藤は日本神話の国譲りからこの土地を治めるタケミナカタ様と洩矢《もりや》の神様の象徴。

稲原はここに住まうミシャグジ様の影響です。

その姿は捜すまでもありません。

木よりも大きな蛇が私の視線の先で鎌首をもたげ、遠くを眺めています。

ミシャグジ様とは近畿《きんき》から関東一帯で古くから信仰される土地神様。

闘犬と同じくしめ縄と化粧まわしを付けているのが信仰の証っぽいですね。

「お傍を失礼します、ミシャグジ様。よければお土産《みやげ》をどうぞ」

敬意を払って手を合わせた後、赤エビをカバンから取り出します。

神様というのはお供え物にこもった信仰心を栄養としているそうで、酒だろうと饅頭《まんじゅう》だろうと美味しく頂いてくれます。

とはいえ、好物はあるのでしょう。

厳かに遠方を見つめているばかりだったミシャグジ様はそれを認めるや驚きの速さで這い寄り、舌をちろちろさせました。

私の身長と体高が同じくらいの大蛇なのでやはり背筋が震えます。

ミシャグジ様にとっては人間くらいでないと食べ応えなんてないはずでしょう。

しかし、いざ口へ放り込んでみると満足げなのが不思議でした。

「いつもおばあちゃんを傍で見守ってくれてありがとうございます」

もしかするとこうした感謝の念がミシャグジ様の胃を満たしているのかもしれませんが、それは神のみぞ知るというやつです。

私はお辞儀をして、前方の丘にある診療所に向かいます。

鬼火が揺らめく灯篭を両脇に備えた石階段が入り口です。

成形しきっていない石だからこその凹凸があり、そこに生えた苔模様が人工物と自然を融和させています。

伸びた木の枝がアーチのようになっていることといい、森が来客のために口を開けているかのようです。

そこを進んでいくと、一つの建物が見えてきます。

大きな引き戸が特徴的な日本家屋で、看板に『あやかし診療所』と銘打たれたこの施設こそ、私が手伝う仕事場。

我が家から退いた祖母が、あやかしの世界に構えた診療所です。

受付には患者がいるかも知れないので裏口から処置室に向かいます。

けれど杞憂でした。

祖母はお茶を飲んで休憩中です。

「ただいま、おばあちゃん。今日の来院は少なめなの？」

「しっ！　小夜、滅多なことを言うんじゃないよ。それは言霊だからね」

「あっ。ごめんなさい」

唇に指を当てて注意をしてくる白髪の麗人こそ私の祖母であり、この診療所の女主人、芹崎美船《みふね》です。

もう七十歳も超えたというのに背が曲がる気配もありません。

年季を経れば経るほど味わい深くなるアンティークと同じく風格が増すばかりで、どこその王族か妖怪の長と言われても不思議はないでしょう。

そんな祖母は珍しく憂いの顔を見せます。

「動物病院ではそう呟いた途端に子宮蓄膿症の犬が運び込まれたりしたものだよ。巨体のあやかしでそれが起こったらどうなることか」

詰まった膿で今にもはちきれんばかりの子宮を摘出するのは細心の注意が必要となります。

巨体相手ともなれば労力も比例して増すので出会いたくはありません。

祖母と共に受付を睨むこと数秒。静かなまま時が過ぎました。

どうやら何も起こらないようです。

「小夜が先にお客を連れてきていたから見逃されたかね。それで、どのお題を解決してきたんだい？」

祖母の問いかけに私はあやかしを抱き上げます。

「球電現象の正体ちゃんです」

「鵺《ぬえ》紛いかい。まだ雷獣だろうけど、いずれ害になりかねない。いかにも魔祓い師が目をつけそうなあやかしだよ」

祖母は顎を揉んでその姿を眺めました。

鵺とは人に祟りをもたらす怪物と『平家物語《へいけものがたり》』などに記されています。

空から現れること、その時の天候は荒れていること、姿はどちらも合成獣じみたものであること。

鵺と雷獣には共通点が多いことから同一視までされることもありました。

そんな信仰があれば現実となるのだから、あやかしは奇妙な生き物です。

「さて、おばあちゃん。私はちゃんと課題をこなしつつありますよ。約束をちゃんと覚えていますよね？」

「おや、どんな話だったかねえ」

祖母は何ともわざとらしくとぼけます。

年齢を盾に約束を反故《ほご》にする人ではないけれど、それならそれでこちらも合わせてみるとしましょう。

「晴れてここで働くことになった私の恋が成就するよう、あれこれと後押しをしてもらうお話です。若き旦那様と家族経営で診療所を切り盛り。将来も安泰ですね」

「話が飛び過ぎている。私はお題をクリアしたら見習いとして働くのを許すと言ったまでだよ。ボケて頷くとでも思ったのかい？」

「これも言霊。口に出せば実現するかもしれないじゃないですか」

答えると、祖母は「誰に似たんだか」と息を吐きました。

こんな言い草ですが似ているとすれば間違いなく祖母でしょう。おばあちゃん子として育ち、仕事人としてもその背に憧れて追いかけたのですから。

そして、その人柄に惹かれる人は一人や二人ではありません。

この診療所には祖母を慕っているからこそついてきた人たちがいます。

私の想い人もそのうちの一人でした。

「若くして老舗《しにせ》旅館の経営を任された娘さんが昔からの従業員と助け合って再建する物語

みたいなものです。私、薬剤師の知識であやかしの医療を進歩させますよ？」

「いくら役に立っても危なっかしいなら任せられないと伝えたのは覚えているかい？」

「その課題も残すところあと二つ。『鉄鎖の化け物』と『富士の不死』だけです」

巷《ちまた》で噂のあやかしから身を守るには、その正体を安全に突きとめる必要がある——そうした意味での課題です。

口にしてみると、祖母は今度こそ頷きました。

「そうだね。私がこっちにいるのは家族が危険に晒されるのを避けるためだ。上手くあやかしをあしらえるっていうなら、あんたがここで働くのだってやぶさかじゃない。刑部。小夜はちゃんとしていたかい？」

いつの間にか足元に擦り寄っていた刑部を祖母は抱き上げました。

脱力して抱かれるのが反論なしとの表れです。私は胸を張ります。

「けれどね、小夜。いくら上手くやれたとしても触らぬ神に祟りなしだ。下手な自信をつけて何にでも手を出すのはおよしよ？」

「出過ぎたことなんてしません。私のお仕事は危なくなる前にあやかしを保護することと、あやかしに使えるお薬を見繕うことです」

「結構」

この辺りについて祖母は厳しい。

できないことを強行して失敗するより、最初から無理と訴えるのが重要な医療の畑にいるからでしょうか。

祖母は会話もそこそこに、獣医師としての目で雷獣の怪我を診《み》ました。

「ふむ。こいつは麻酔をかけつつ傷を洗って異物の有無を確認。あとはエリザベスカラーをつけて治癒を待つくらいかね。小夜の出番はもうほぼなさそうだよ」

「歓迎です。雷獣はいかにも哺乳類って感じだからよかったですけど、人魚やグリフォンみたいに大きく種類が違うキメラだと体質に合う薬の処方が大変でしたね」

「薬剤師見習いとして協力してくれるのは助かっているよ。春からはノミダニ、フィラリア予防のシーズンだからね。新商品の成分に関しては調べておいておくれ。あと、牛鬼の治療薬もね」

「虫と草食動物のキメラは難題ですね。空想科学の本を持って教授部屋に突撃しないと」

普通の動物病院でさえ、様々な種が来院するので専門の薬剤師がいた方がいいと言われています。

千差万別のあやかしが来院するともなれば言わずもがなですね。

手伝ってまだ一ヶ月にもなりませんが、私が薬学部で学んでくる知識は割と有効活用できています。

では、おまけに動物看護師としての仕事もするといたしましょう。

慣れない場所で小刻みに震えている雷獣を撫でて落ち着かせ、麻酔の準備です。

――そう思って行動しようとした矢先、指に痛みが走りました。

見れば指があかぎれのように切れています。

「うっ、痛い……」

「いつもの動物アレルギーだね。大丈夫かい？　そっちはもう私に任せて着替えてきな」

「うん。そうします」

私は雷獣を祖母に預け、血が滲む指を咥えて更衣室に向かおうとします。

そんな背に向かって祖母は思い出したように声をかけてきました。

「小夜。あやかしになんて拘らず、人の生活だけで生きる方が楽だよ？」

ああ、これは期待と不安が入り混じる言葉ですね。

気丈な祖母がふと漏らした弱音のようにも聞こえました。

「そうかもしれませんけれど、ここには私にしかできないことがありますから。それに現金な話、動物園で働く以上にいろんな生き物と触れあえる点には惚れ込んでいるんです」

ハイ、決め顔。

カフェで確認した甲斐がありましたね。

力強く答えると、祖母は思った以上にいい表情になって頷きます。

私が歩みを再開すると、ちりんちりんと鈴音がついてきました。

振り返ると、そこには両手に抱える大きさの影がいます。

ええ、比喩でもなく影の塊です。

形状は不定で人魂のように揺らめいており、見る人が見ればイソギンチャクのように人を絡めとる怪物に思えたかもしれません。

けれども私としては見慣れたものです。

「センリ。他の子を抱っこしたからって痛いことをするのは駄目だよ？　ほら、おいで」

『うにゃあ』

呼びかけると影は掻き消え、その場に猫が残りました。

足に体をこすりつけてきたセンリは肩に飛び乗ると盛大に喉を鳴らします。

私を悩ませる動物アレルギーとは〝体質〟ではありません。

医療用語ではなく、アレルギーと辞書で引けば出てくる二番目の意味、精神的な拒絶反応の方です。

この子は、昔、私に憑りついた悪霊でした。

――生き死にがある動物病院だから、苦しんで死んだ動物が化けて出るのでは？

こんな噂が我が家に生み落としたあやかしです。

人に愛されながら死んだペットの集合霊……かどうかはわからないですが、この子は誰かに寄り付くだけで不幸をもたらすあやかしにされた被害者です。

けれどもこの世界は捨てたものじゃありません。

おばあちゃんを慕うあやかしの神様がわざわざ駆けつけ、助けてくれたそうです。

それですんなり悪霊を守護霊に転身できるなんて、なんとも奇跡じみています。

まあ、日本なんて菅原道真《すがわらのみちざね》が悪霊から善神に変わった前例もある土地柄。祀《まつ》ればなんでも神様になっちゃう風土からすると不可能ではないのでしょう。

そんな経緯もあってこの子には仙狸《センリ》と祖母が名付けてくれました。

なんでもこれは神通力を得た猫の妖怪の名前だそうで、確かにぴったりです。

しかしこの子は気難しく、私が必要以上に動物に近づくと嫉妬します。

それが私の体に作用して普通の動物であればアレルギーとして表れ、あやかしに関しては爪で引っ掻くなどの実力行使に出るのが悩みどころでした。

この子を祓えば私のアレルギーは消え、また獣医師を目指せるでしょう。

けれどそうする気は微塵もありません。

だって、この子は誰かに愛されることを望んでいるだけなのですから。仕方ないねえ、といつか見た祖母のように私も受け入れています。

加えて言えば、この子がいるからこそ叶えられる目標もあるのです。

憧れの祖母はあの事件以来、家族と関係を断ってこんなところに住んでいます。

私でさえ、まともに話ができたのは一ヶ月前です。私が人の世で生きれば、祖母はきっとこのまま一生をあやかし診療に捧げるでしょう。

しかし、私が守護霊と共に祖母の道を継げば家族の絆を保てます。

つまり、私がまほろばで上手くやっていけば全ての理想が叶うという目算です。

ならばこれを目指さない理由はありません。

更衣室についた私は指に絆創膏をつけ、看護師用のスクラブに着替えます。

改めて挙げましょう。

『鉄鎖の化け物』、『富士の不死』とやらの名前で噂になっている二つの正体を見極め、何らかの手段で解決すること。

それが祖母のあやかし診療所で正式に雇用してもらうために課せられた条件でした。

第一章　開かずの風穴と家族の絆

二月中旬、大学生は後期試験を終えた頃のこと。

私は一部科目の追試とたまに催される大学のセミナーを終えると、夕食を買ってから帰宅しました。

忙しい一日が終わり、ようやく家族との団欒《だんらん》を迎える夕方から夜の境目。私は以前、この時間が嫌いでした。

「ただいま」

別に大きくもない私の声がやけに響きます。

それもそのはず。

父母に加えて八歳離れた兄まで階下の病院にいるからです。

入院室で不安がる犬の鳴き声。病院スタッフの忙しない足音。患者の来院に合わせて鳴る電子音。床を隔てているだけなので、静かな室内ではよく聞こえます。

午後七時半には閉院するものの、それまでに入った患者を捌《さば》いたり、入院動物の世話をしたり、レジを締めて精算したり――。

家族の帰宅は八時から九時になります。

幼い時から動物アレルギーだからと締め出されていた私にとって、この時間は友人とも家族とも会えない孤独の時間でした。

祖母が家族との関係を断った小学生の時から私の毎日はこうだったのです。夕食作りに没頭することで気を紛らわせたものでした。

まあ、診療所で働けるようになってからはむしろ待ち遠しくなったわけですが。

今日もあやかし診療所の午後の診療からお手伝いをする予定です。

しかしその前に一仕事といきましょう。

大学帰りに買ってきた春の食材をテーブルにどっさりと並べます。

「ふきのとうの天ぷらに、レンコンのきんぴらと春菊の胡麻和え、鰆《さわら》の西京焼き、お味噌汁。そして白米といったところでしょうか。日本酒も欠かせませんね」

冷蔵庫や食品棚のラインナップを確認して頷きます。

冬はおでんや鍋と、体が温まる煮物系が多かった反動でしょうか。旬には少々早くても、春の気配が目に留まると手に取らずにはいられませんでした。

ほろ苦いふきのとうをまず塩で楽しみ、お次はつゆと大根おろしで味わい深くもさっぱりと頂くのが今日の献立です。

いいですね。これぞ季節を感じる食卓です。頬張る瞬間を思うと口元が緩みます。

日本酒についてはお中元やお歳暮で方々から贈られてくるのですが、家族は急患対応に備えて禁酒日が多いために余るのです。

　これはいけませんね。

　火入れをしていない生酒は冷蔵庫保存が鉄則ですが、食品を置くスペースを占拠してしまうのは由々しき事態です。

　というわけで、お酒を消費する係として私に白羽の矢が立ちました。

　成人してすぐに日本酒の舌が肥えてしまったのも、この重要な役割の賜物です。

「おばあちゃんたちの分も下ごしらえしてまほろばに向かいましょう」

　あちらは自然の恵みはあっても流通が乏しいので、多彩な食材は喜ばれます。

　天ぷらは揚げたてを味わってこそ。調理は直前がいいでしょう。

　胡麻和えは春菊を茹でるくらいで、西京焼きは火を通すだけ。天ぷらとのタイミングさえ計れば並行作業できます。今日の献立ならご飯と味噌汁、きんぴらを仕込んでおき、閉院頃に調理を開始するくらいがいい配分です。

「あ、そうそう。情報収集も欠かせません」

　食材を自宅用と祖母用に分けていた時、ふと思い出します。

　ゴシップ記事同様、テレビで特集される奇妙な事件も実はあやかしが絡む案件だったりするので役に立つのです。

　ニュース番組をつけてみるとキャスターが大学の映像を交えて話すところでした。

『先月、ヒマラヤから日本に輸送されたイエティの皮。それが大学の研究でＤＮＡ鑑定され、ユキヒョウであると判明した件も記憶に新しいですね。しかし、その貴重な品が先週紛失したことが明らかになりました。大学内には電子ロック等もあるため、窃盗の可能性も考えて捜査が進んでいます』

「あら……。こんな大事なんて管理者さんは胃が痛いでしょうね」

映し出される会見現場に並ぶのは学長と保管責任者の教授でしょうか。

四十代くらいと教授にしては若い一方、藤原巳之吉《ふじわらみのきち》と古風な名前の男性が頭を下げています。

「なにかこう、既視感がある気がしますね？」

パッと思いつきませんが、何かが心に引っ掛かります。

例えば青酸カリなど毒劇物の紛失はしばしば耳にするので、それを思い出しているだけでしょうか。

思考と感覚が繋がらないもどかしさは二十歳を過ぎてから増えた気がします。『アレ』とは何だっけと唸る父母や兄に仲間入りするかと思うと少々複雑ですね。

「おっと、いけません。お手伝いの時間がなくなってしまいますし、出発しましょう」

疑問もそこそこに仕込みを終えた私は食材を入れた手提げを手に家を出ます。

我が家は古い日本家屋でしたが、十数年前に増改築して今風の動物病院の、二階にこの自宅が設《しつら》えられました。外観に昔の面影は見られませんが、ごく一部は手つかずのまま残されています。

それが仏間と書斎、そして庭です。

玄関を出て家を囲う塀沿いに歩くと、南京錠付きの仕切りに行き当たります。

鍵を開けた先に広がる日本庭園は、芹崎家で変わっていない場所の一つです。

植えられた松や紅葉の枝葉が作る影には苔がびっしりと生え、シダもそこかしこで顔を覗かせています。甘く、しっとりとした緑を感じさせるこの空気は立派な神社や名所でもなければ味わえません。

この聖域を傷つけないために敷かれた飛石は三つの道に分岐します。

一つは木製の雨戸と障子が仕切る古風な造りの仏間。

その奥にある書斎には祖母が残したあやかしの資料が壁一面に並べられ、隙間もありません。

残る二つは古い蔵と、何の文字も彫られていない石碑に繋がっています。

この石碑こそ我が家からまほろばに行くための道です。

昔、あやかしはここ仏間で待機して治療を受けたそうです。

高い壁は周辺住民の目隠し。書斎はあやかしのカルテ保存室だった名残なんだとか。

それに向けて二拝二拍手すると一陣の風が吹き、風景が移り変わりました。

辿り着いた先はいつもの稲原です。

先日と同じく視線をくれるミシャグジ様に会釈し、私は丘の石階段に向かいます。

すると、石階段前で行き倒れている化け猫を見つけました。

着物をまとった等身大の三毛猫、ミケさんですね。

当院には火傷の治療や歯石除去に訪れる常連で、つい先日も元気な姿を見せてくれました。

一見、緊急事態にも見えますが落ち着いて観察しましょう。ミケさんが灯篭の火受け皿を手にしたまま倒れた点にメッセージ性を感じます。

ある程度状況を察した私は、腕に下げたカバンに手を突っ込みました。

取り出したる道具を手にしゃがみ、距離を保ったまま様子を見ます。

まずは先端を押し付けない位置でスイッチオン。

「もしもーし、ミケさん？」

「はにゃっ!?　えげつないバチバチ音がするんにゃけど!?」

「あ、元気ですね」

魔法のステッキ――バトン型スタンガンのスパーク音で飛び起きてくれました。

やはり狸寝入りだったようです。

「物騒なものを取り出して！　こういう時は優しく介抱するべきじゃなーのかにゃ!?」

「うずくまる子供に化けたのっぺらぼうだとか、ホラー映画の化け物だとかがいるじゃないですか。第一接触は気をつけなさいとおばあちゃんに教育されていまして」

スタンガン、催涙スプレー、防犯ブザーは三種の神器です。

口述する代わりに取り出してみせるとミケさんは引きつった表情でした。

「それでミケさん。どうかしたんですか？」

「う、うにゃあねぇ、特になぁんも用事はないんだけど、この灯篭、昔は油を置いてあったにゃぁと思い出してうずうずしちゃったんだよ」

「油を足す度に舐め取られたから鬼火に変えたと、おばあちゃんが言っていましたね」

「惜しいことだにゃあ」

諸悪の根源は肉球を頬に当てて唸ります。

昔の猫は行灯《あんどん》に使われる魚油や菜種油で栄養不足を補っていたという話です。人は油を舐めようとする猫を障子越しに見て、二本足で立つ化け猫がいると考えたようです。

はい、実はここにあやかし特有の注意点が潜んでいます。

状況をよく捉え直しましょう。

そもそも真っ昼間は空からの地面に光が落ちるだけで、障子越しでは姿が見にくいです。障子越しにシルエットが見えるならば、映写機のように真横からの光源が必要でしょう。

つまり夜に火がつけられた行灯の油を舐めにいく猫の姿こそ、化け猫の正体でした。

よって物語を忠実に再現するなら、化け猫は火がついた行灯にも強く惹かれるのです。

そんな出生が関わるため、化け猫さんは行灯の油を舐めようとして額に引火。火傷の治療に来るという事故がしばしば起こります。

なんとも奇妙な流れですが、これがあやかしにとっての生活習慣病なのです。

「口にしたらダメですよ。この皿に載せてあるのは似ても似つかない塩です。化け猫さんは猫と同じく泌尿器系の病気も多いですし、こんなのを舐めちゃ大変です」

私は地面に落ちていた火受け皿を手に取りました。

石階段の両脇にある灯篭には赤色の鬼火が揺らめいています。

これは休診中を意味する色です。

診療再開辺りに患者が飛び込んできて忙しくなり、色変えを忘れたのでしょう。

火受け皿に盛られた塩を灯篭の屋根にしまってある小瓶に移すと、あら不思議。色は黄色から標準の青色へと変じました。

「鬼火の色変えなんてよく思いつくにゃあ？」

「これは炎色反応と言って、花火にも利用される、割と有名な現象ですよ。でも、私としてもあやかしにまで通じるとは少々驚きでした」

化け猫であれば猫と似た性質を持つといった具合に鬼火でもその性質は火と似ているし、あやかしには案外、現代科学が通じます。

意外にも思えますが、これこそ現実に空想が混じってあやかしになった証拠のようです。

しかし、まほろばには現代知識があまり浸透していません。

あやかしに現代知識を説くのは田舎のおばあちゃんに最新の電子機器のお話をするようなものです。

「花火は江戸時代にはすでにあったと聞きますが、馴染みないですか？」

「その頃は色を変えないただの火花って感じでにゃあ。そもそもあやかしは昔の人間の生活に寄り添った隣人。ここの住民の大部分は文明開化で住みづらくにゃったから移住してきたくらいだし、現代知識を取り入れようって発想がそもそもないのにゃ」

「なるほど。ミケさんも行灯がない文化だと困りますもんね」

「そういうことにゃ」

ミケさんたちの居住区はそれこそ江戸の長屋や茶屋などが並ぶ歴史的風景です。あやかしにとっては当時のままこそが生きやすいのでしょう。

また一つ勉強になったと頷いていると、ミケさんはにんまりと口元を緩めます。

「あやかしはどーしても習性には抗えんものなのにゃあ。昔の光景に突き動かされて塩を舐めんためにも、ツナ缶をもっと入荷してくれにゃいと」

食材が入った手提げに視線を落とされ、ようやく理解できました。

つまるところ、これを言いたいがための前振りだったのかもしれません。

ミケさんはツナ缶を思い描いているのか、舌なめずりしています。

「あやかしの習性って、人にとってのお酒や煙草みたいなものなんですか？」

「いやぁ、もっとにゃ」

ミケさんは真剣に私を見つめてきます。

「まほろばにいれば単なる癖くらいだけど、下手に我慢をすると禁断症状が出かねにゃい生活の一部。それどころか、意識もせず行動してもおかしくにゃいもんでにゃあ」

「液体ですらないんですが、塩と油を見間違えます？」

「ないとは言えんにゃ」

そうなんですか。そうなんにゃ。と、即座に肯定されますし、化け猫さんたちが幾度となく額を焼いた来院歴を思い出すとより一層真実味が深まります。

そして、ミケさんは真顔から一転、破顔しました。

「人もよくツナ缶を作ってくれたにゃあ。ツナにわざわざ油を足す発想を褒めたい！」

「私たちの世界は皆さんにとって気軽に出歩けるところでもないんですよね。わかりました。今後はできるだけ融通しておきます」

「おおー。話がわかるお孫さんにゃあ！」

「その代わり、こちらの名産品でもごちそうしてくださいね？」

「タケノコ、キノコ、山菜、魚、山鳥……。いくらでもにゃんとかしてあげよう！」

「いいですねえ。日本酒と一緒に頂きたいです」

どんと胸を叩くミケさんに私は垂涎《すいぜん》の顔で頷きかけます。

「それにしても、小夜ちゃんは本当に食べるのが好きな人だにゃぁ」

「ちょっと違いますね。私は単に食べることじゃなく、誰かとご飯を食べにいったり、料理を作ってもらったりすることが好きなんです」

「流石、美船先生のお孫さん。図太いにゃ」

「料理は誰かが作ってくれるからこその美味しさがあるじゃないですか。それがいいんですよ」

なにかこう、誤解をされている気もしますが、先を急ぐので置いておきましょう。

ミケさんはその肉球を差し出し、握手を求めてきます。

「おっと。あんまし近づくと守護霊さんが怒るんだったかにゃ？」

「いえいえ。これは人付き合いであってセンリが嫉妬する動物のかわいがりとは違うから大丈夫です。足元の影もぞわぞわしていませんし」

センリは普段、私の影に溶け込んで隠れています。不機嫌になると水面のようにそれが揺らいでくるので一目瞭然です。

ミケさんはほほうと興味深げに影を見つめた後、握手をして去っていきました。

若かりし頃の祖母もこんな風にあやかしのお願いを聞いてきたのでしょう。

せっかく同じ場にいるのですから、付き合いも悪くはありません。

その後、私は診療所の更衣室で着替えを済ませて仕事場に向かいます。

祖母たちは診察中だったようです。

問診内容をカルテに記入する祖母の前には、トンボじみた半透明の羽をぱたぱたと動かして飛ぶ妖精の姿がありました。

「センセ、お孫さんが来たみたいよ？」

「大学に行った日はいつもこんなものだよ。それより、いつもの定期駆虫以外でクーシーに何か気にかかることはないのかい？」

「とっても元気よ。でもダニはね、もう耳に付いてるの。取ったげてよー、センセ」

二人の前には暗緑色の毛に包まれたコリー似の犬――スコットランドにおいて妖精の番犬と言われるクーシーがお座りしています。

これは超大型犬どころか牛と比べるべき特大の化け物犬です。

妖精はクーシーの耳元に飛ぶと、吸血で小指の先ほどになったダニを示しました。

祖母はピンセットを手にそれを確かめます。

同時進行で診療所のスタッフの一人、葛飾斑《かつしかまだら》さんはクーシーの体を触診していました。

この診療所において生粋の人間は私と祖母だけ。若白髪が少し見える好青年という風体の彼もあやかし側です。

姿形は人間そのものでも、そうと言われれば人は納得するでしょう。

単に容姿端麗というだけではなく、人あらざる色気があるのです。

それこそ微笑みで腰砕けにさせ、耳元で囁けば動悸を覚えさせる魔性の魅力がそこにはあります。

けれど彼の本質は真逆。優しく理知的で、そんな武器は振るいません。

うっとりするほどの魅力なんていつか食あたりしてしまうでしょう。

スクラブから引き締まった二の腕や鎖骨を覗かせたり、真剣な横顔を見せたり。家庭料理のようにささやかなありがたみで十分。

私はそれを眺めて職の喜びを噛みしめます。

「美船先生、ダニ以外は特に異常はないです」

「わかった。ありがとうよ」

斑さんと祖母のやり取りを見守っていたところ、クーシーはこちらに顔を向けました。人懐こい子なので尻尾をぶんぶんと振り、身を乗り出してきます。

斑さんが抱え込んでも引きずられるばかり。体重差は伊達ではありません。

人型のあやかしなら喋るのは基本技能ですし、動物型でも齢《よわい》二十にもなれば大半が片言で会話します。

私たちにとっての外国語みたいなものでしょう。人間社会にまぎれるなら自然と慣れ親しむものです。

しかしクーシーは『妖精を主人とする番犬』というルーツなので性格はほぼ犬。長生きのおかげで微妙にタヌキっぽくない刑部とは違うところです。

「小夜ちゃん、ダニとフィラリア用の薬を一式取ってきてくれるかい？　体重は二百キロ」

「了解しました。あと、この子はいつも爪切りもしていますよね。そちらもしますか？」

「そーね！　お孫さん、えらいわ。私たちじゃ力が足りないもの。やってちょうだい」

妖精はポンと手を叩きました。

私が離れるとクーシーはすぐに落ち着きを取り戻します。

手のひらサイズの妖精が難なく共同生活を送れるくらいに利口なので、状況を察してくれるのです。

妖精とクーシーは寄生虫を落とすため、年間を通して来院します。

まだ二月なので普通のペットなら予防はまだ早いでしょう。

けれど野山で生活する彼らは越冬するダニに出会う可能性が高いし、主食とする獣から様々な寄生虫をもらうので猟犬同様、通年の予防が必要になるというわけです。

移動した私は薬品棚を前にします。

あやかし用の薬品棚なんて魔女の工房のようにおどろおどろしいかと思いきや、とんでもありません。ラベリングされた褐色瓶が上から下まで並ぶだけです。

ですが実のところ、ここにもあやかし診療所の特色が隠れています。

「体重は二百キロ。ひえぇ、ラムネ菓子くらいの量になりますね」

基本的に巨大なあやかしの相手をするのですから、市販品を買っていたのでは医療費が高額になりすぎるし、そもそも入荷が間に合いません。

そこで手を貸してくれたのが医薬の神様だそうです。

神様は薬を複製できる使いを派遣してくれました。

それが診療所のスタッフの四人目であり、薬品棚に市販品の箱ではなく褐色瓶が並ぶ理由です。

診察室に戻ると、祖母は顔を舐めようとするクーシーをあしらいつつ処置をしていました。

「おばあちゃん、新商品も合わせて二種類持ってきました」

「ありがとう。さて、このクーシーは薬を嫌がる子だったね？」

「そーなの。お肉に挟んでも途中で吐き出しちゃうし、困るのよねー。私たちがムリにあげたら丸飲みにされちゃうわ！　センセー、これもやってちょーだいよ」

「このサイズが強制投薬中に噛んできたら、こっちだって手首とお別れしなくちゃならないんだよ。チーズみたいな好物で包むのは試したかい？」

「ないない。ないの！　ここは日本。チーズ作りをする妖怪なんていないもの」

妖精はまるで舞台俳優です。

訴えかける身振り手振りを交えて飛んでいます。

さてどうしたものかと祖母が顎を揉む一方、クーシーはそわそわしていました。妖精に視線で助けを求めています。

これは薬の気配を察していますね。お座りしながらも前脚を上げようとしているので、咄嗟《とっさ》に跳び上がるかもしれません。

私の鼻ですら漢方薬じみた匂いを拾えているくらいです。彼らの鼻ならより鮮明に感じているこ とでしょう。

「となると新商品の出番ですね。昨年に出た商品で、フレーバーが改善しているから気難しい小型犬も食べてくれるとお兄ちゃんが言っていました」

私はその薬を前に出します。

寄生虫予防薬は大雑把に言えば、臭くて不味《まず》いけれど安いもの、匂いも味も改善されているが高いもの、食べない子のために注射等にしたものと分かれています。

そちらのパックを開封すると、妖精がまじまじと見つめてきました。

「あら？　干し肉みたいにおいしそうな匂い」

妖精のみならず人の鼻からしても、この商品はジャーキーを思わせます。

それを嗅いだクーシーは同種の薬だなんて思っていないのか、お座りを正しました。

妖精が一つ抱えて飛び上がると、両前脚を合わせて頂戴と主張まで始めます。

これは最早、おやつをあげる光景ですね。

残る爪切りに関しては、お手の要領であっという間に終わってしまいました。

祖母はカルテに処置を書き込みながら妖精とクーシーを見送ります。

「また一ヶ月後に来るんだよ」

「はぁーい。ありがとね、センセたち。あとお孫さんも。クーシー、ほら行くわよ」

妖精が背に乗ると、クーシーはノシノシと歩いて診察室を出ていく。そのファンシーな後ろ姿には見ているだけで癒されます。

それはさておき祖母はカルテを斑さんに任せ、こちらに視線を向けてきました。

「小夜。いつもの用事でもうすぐつららが来ると思うから、案内をしておくれ」

「冷蔵庫のメンテナンスでしたね。タオルや洗濯物を取り込みながら待っておきます」

「ああ、頼んだよ」

動物病院では診察台の布巾や入院室の敷物としてタオル、手術用の掛け布《ドレープ》や作業着《スクラブ》など洗い物が多いので裏庭にはいつも洗濯物が干されています。

急患がいつ入ってきてもいいよう、これも隙を見て片付けるべき仕事です。

順次取り込み畳んでいたところ、一陣の寒風が吹き込んできました。

これが来客の合図です。

日焼けなんて縁遠い肌と長いまつ毛に、さらりと伸びた長髪。笑みでも浮かべば同性でも見惚れてしまう整った顔立ち。そして、周囲に漂う冷気。

それらが彼女というあやかしの特徴です。

正体は初見の時でさえ聞くまでもありませんでした。起源は室町《むろまち》時代から語られている由緒正しき妖怪、雪女です。

ぶるりと身を縮めた次の瞬間、彼女は目の前に現れていました。

——白装束の女性が土下座しています。

なるほど、そう来ますか。

「つららさん、今日はお世話になる予定だったんですけど……」

「ま、毎度ご贔屓《ひいき》にどうもですぅ。でもですね、別件でご厄介になりたいことができまして……。小夜ちゃん、助けてくれませんかぁ!?」

「うーんと。とりあえず頼んでいた仕事を終わらせてもらってからでもいいですか?」

「はい、直ちにぃっ!」

現代のあやかし事情からすれば知名度が高い雪女は大妖怪の地位さえ取りそうなものですが、幅を利かせることもない性格です。

涙目のつららさんは私の手を取ると、率先して院内の冷蔵庫前に移動しました。

あやかし診療所には電気が通っていません。

まほろば自体に文明の利器がほとんど存在しないので機械は自家発電機で賄っていますし、冷蔵庫は氷冷式です。

では、そんな世界で雪女はどうやって生計を立てているでしょう？

その答えが冷蔵庫にあります。

一番上の空間には小さな雪だるまが一つ。つららさんがそれを撫でると周囲が一層冷え込みました。

これは一定時間冷気を放出してくれる氷精なんだとか。

あやかしにとっても食事は立派な娯楽。そして冷蔵、冷凍保存の薬がある診療所にとっても冷蔵技術は欠かせないので、大事なパートナーになっています。

というわけで、お仕事はあっという間に終わり。

同時につららさんは平伏し直しました。

「実は懇意にしていた家族の不和を取りなそうとしていたんですが、手に負えない事態になってしまいましてぇ……」

「警察や魔祓い師が出張る凄惨な案件だとお力にはなれないですよ？」

「いいえ！　政府と一緒になって闇に葬る案件はそんなに……おっと」

つららさんはそう言って露骨に視線を逸らします。

人食い、特殊能力もありきのあやかしです。それで闇に葬るなんて言われると、映画の世界みたいなとんでもないものを想像してしまいます。

まあ、獣医業界ですらあやかしの診療をするくらいです。

人とあやかしが組んでスパイや宇宙人を撃退。実にありそうではないですか。

ですが、詮索はしません。祖母が口酸っぱく言うことと同じ。私は私にできる範囲のことを見るだけです。

それは置いといてと、かわいらしくジェスチャーするつららさんは話を元の路線に戻してきます。

「とにかくですね、これはそういう事態ではないですし、家族の問題は自分たちで解決します。だけど……、小夜ちゃんは『開かずの風穴』をご存じです？」

問いかけられ、私は顎を揉みます。

我が家の仏間裏にある書斎には、祖母があやかしと付き合うために若かりし頃から集めた書物があります。

小学校低学年時から鍵っ子同然だった私は暇に飽かしてそれを読破しましたが、それでも聞き覚えのない言葉でした。

「初耳です。最近できた噂でしょうか？」

「はい。まだまだ地域限定の話ではあると思いますぅ」

風穴といえば富士山《ふじさん》の周辺に複数存在する火山由来の地形です。

私が住む甲府市は富士山の北西に車で一、二時間という距離なので、観光で訪れた経験もありました。

簡単に言えば溶岩が作った洞窟で、年中気温が一定なのが特徴です。昔は蚕の卵や種子、一部では氷まで貯蔵した天然の冷蔵庫なんだとか。

冷気に関わる雪女が語るに相応《ふさわ》しい題材でしょう。

「『開かずの風穴』とは、とある田舎の貯蔵庫が開かなくなったお話です。まだ実害もないんですけど、それ、縁があるご家族の仲を取りなそうと私が起こした行動で生まれた怪物が原因なんですぅ。その子の保護だけでもしてもらいたくて……」

雪女のようにシチュエーションが複雑なあやかしと違い、雷獣やかまいたちなど自然現象をもとに想像されたあやかしは突発的に生まれることが多くなります。

それと同じく都市伝説や未確認生命体も、それらしい記事や番組で噂が膨れ上がると発生するというわけです。

ですがご家族の不和を解消する行動がどうして怪物とやらを生む結果に繋がったのかは皆目見当もつきません。

つららさんはうっかりが多いですが、比較的人に近い感性を持つあやかしです。

何かあったとすれば、それは不幸な事故でしょう。

ひとまずいつまでも土下座はよくありません。彼女の両手を取り、立ち上がってもらいました。

「一体何があったんですか？」

「直接の原因は多分、民俗学者をしている息子さんの研究資料を私が持ち出したことだと思うんですぅ」

「民俗学者の資料……」

はて。妙に引っかかるセリフです。

常日頃、情報収集をしているだけにどこかで似た案件を耳にしたのでしょう。あれでもない、これでもないと記憶を遡っていくと心当たりがありました。

「もしかして、大学でイエティの皮を紛失した事件ですか？」

藤原巳之吉という古風な名前の教授による謝罪会見を先程見ました。

言葉にしてみると、つららさんの反応は明らかに変わります。

「……うぅ。やっぱり聞いたことがあるんですねぇ。事が巳之吉さん以外にも露見するし、騒ぎで生まれたのは見たこともない怪物でしたし、本当にいろいろと大事になりすぎましたぁ……！」

天を仰いでぐずつきそうになっていましたが、それでは話が進みません。

つららさんは自制して語り始めます。

「巳之吉さんは若い時に家を出て以来、あまり実家に帰っていなかったんです。けれど最近、お父さんが寝たきりになって容体もよくないので一目会わせるためにもと……」

「なるほど。返して欲しくばご家族に一目会いなさいって脅そうとしたはずが、騒ぎが大きくなってしまったんですね」

「はい……。人懐こい子ではあったんですけど体調が悪そうだし、正体もわからないので私の手に余ると思いまして……。娑婆で動けて治療も任せられる小夜ちゃんが適任と思ったんですぅ」

この世界はあやかしにとって住みよい『まほろば』。

逆に人間の世界は事件でも起こして知名度を上げないと体力を削られる辛い場所なので、あやかしの間では仏教用語的な意味で『娑婆』と言われています。

「しかし、どうして人間のご家族にそれほど入れ込むんですか？」

「昔、雪山で助けてあげた人の子孫なんですよね。その縁がずっと続いていまして」

「なるほど。身内も同然というわけですか」

ともあれ、弱ったあやかしが騒ぎを起こす前に保護すればいいわけです。この話は先日雷獣を保護した件と似ています。

つららさんは手を合わせて拝んできました。

「小夜ちゃん、この怪物のことを助けてくれませんか？」

娑婆で活動しにくい彼女らの代理でお悩み解決をする。

それも祖母が昔からしてきたことでした。

家族の不和を解消しようとしたら、何故か白い虎のような怪物が生まれ、風穴に閉じこもって『開かずの風穴』と呼ばれる噂ができてしまった。

その怪物が弱っているので、診療所に保護を頼みたいという案件でした。
□
私は聞いたままを祖母に取り次ぎます。

「――ということなの。おばあちゃん、私が手を貸してもいいですか？」

来院は続かなかったので娑婆の新聞を読んでいた祖母は、ふむと唸ります。視線を向ける先はつららさんでした。

「ひえっ」

祖母は着物や毛皮でも羽織ろうものなら百鬼夜行の先頭にいたっておかしくない貫禄です。つららさんが縮み上がるのも無理はありません。

震える彼女が私の背に隠れると、値踏みするかのような視線は私に移りました。

「小夜。手を出すからには後始末まできちんとやりとげるね？」

「もちろんそのつもりです」

ペットを飼うからには最期まで面倒を見るのと同じ。関わるからには徹底的に、というのは最早、家訓みたいなものです。

揺るぎなく答えると、祖母はしばらく間を置いてから頷きました。

「つららには冷蔵庫で世話になっているしねえ。小夜がそうまで言うなら――」

「はい。明日にでも斑さんにエスコートしてもらって見にいきます！」

危険があるところに素人だけで送り出すほど祖母も鬼ではありません。雷獣の保護に化け狸の刑部をつけてくれたようにお目付け役は用意してくれます。

というわけで、ここは空気を察して素早く主張しておきました。

近くで獣医学雑誌を眺めていた斑さんはこの指名に顔を上げます。

「いや、待ってほしい。小夜ちゃん、診療所以外での活動は賛成しかねるよ。第一、明日は牛鬼の膀胱炎に使う抗生物質の検討をする約束――」

「それについてはこの参考文献でもうお話しできますね」

私は大学でコピーしてきた論文を目の前に差し出します。

牛鬼は草食動物＋クモという姿ですが、これがまたあやかし診療における難題でした。

草食動物は微生物による植物の発酵や分解が消化に大きく関わります。微生物にまで影響のある抗生物質は毒になりかねません。

また、抗生物質は『動物には無害だけど虫や細菌には毒』という効果で薬となるものも多いのです。

というわけで、両者に使える治療薬を探す必要がある難問だったのでした。

さて。

前準備が功を奏しましたが、斑さんがこれで引き下がるとは思えません。

彼は顎を揉み、別の意見を捻り出そうとしています。

「……準備がいいね。でも明日の手術予定とかはどうだろう？」

彼は取ってつけたような思案顔でカレンダーを指差しました。

これは嫌がらせではありません。むしろその逆で、私がここで働くこと自体は応援してくれています。

ですが、診療所以外での活動は危険が伴うので彼は嫌がるのです。

幼い時の記憶からして斑さんは気配りができる人であり、いつも優しい理想のお兄さんでした。

そんな人が苦しげな表情を見せてくれる機会はそうそうありません。

ここは大層やりがいのある舌戦なので私も張り切って抵抗します。

「特に重要な予約案件がないのは確認済みです。安心してください」

「毎度ながら周到だね……」

「人間だてらにあやかしの相手をしていますので、準備は怠りませんよ」

普通の動物病院なら昼まで営業し、夕方の再開までに手術をこなします。

その内訳といえばやはり避妊去勢手術が多いけれど、あやかしにそれは行わないので手術案件自体が少なめなのです。

そもそも最近までは祖母と斑さんの獣医師二人と看護師一人の、計三人で回し続けていたのですから多少の人員不足は支障になりません。

全ては考慮済み。

私は余裕をもって祖母を見つめます。

「予定としては朝一に現場の確認。処置が必要な場合に備えて、通常業務が終わる午後一番には帰るという予定です。いかがですか？」

「妥当だね」

ここまで言うと祖母からも反論はありませんでした。

どうしたものかと気を揉み始める斑さんとは対照的に、祖母は思案顔を見せることもなくつららさんに目を向けます。

「その前に小夜。お前はつららが言う白い虎みたいな怪物は何が正体と考えるんだい？」

「その答えはおばあちゃんが今見ていた新聞にも載っているかと」

「えっ、そんなところに載っているんですかぁ!?」

私の言葉につららさんは驚愕の表情を浮かべます。

驚くのも無理はありませんが、夕方に見たニュースでも流れていました。

新聞に載っているのは、とある大学の教授がイエティの皮を紛失したという記者会見の話です。

これに関係するのなら間違いないでしょう。

ひと月前、この皮はどの動物と判別されたでしょうか。

「イエティのものとされるミイラや骨は今までにも様々な動物と特定されていて、今回はユキヒョウと確認されていました。こんな状況下で生まれるとしたら〝ユキヒョウのようなイエティ〟になるんじゃないでしょうか」

鵺と雷獣を同一視すれば真実になるのと同じ。

やっぱりイエティはユキヒョウだったのかという共通認識が広まっているこの時に生まれるあやかしには、その影響が表れがちです。

「そうだね、私も同じ考えだよ。まさに小夜がこの診療所で担当している仕事だ」

「ううん？　小夜ちゃんは魔祓い師でもない普通の人ですよね。どういうことです？」

つららさんは首を傾げます。

診療所のお客さんにとって私は『美船先生のお孫さん』『看護師見習い』程度の認識なので無理もありません。

けれども、単なる看護師で手が足りるなら祖母はあやかしでも雇ったことでしょう。

ここで働くための条件第一。

役立つ技能を持てと言われた通り、私は替えが利かないものを身につけている最中なのです。

「薬剤師としての担当ですよ。イエティは猿に近い印象ですが、今回のように実在の動物寄りにもなりやすいあやかしです。動物種によって体重一キロごとの薬の適正量は違うし、禁忌になるものもあります。だから薬の処方はよく考える必要があって、それを私が請け負っているというわけです」

　私の言葉に祖母は深く頷きました。

「時間があれば考えていたんだけどね、片手間にするには重い作業だし、資料も足りない。小夜はまさしく診療所に足りないものを見つけて勉強しているんだよ」

「……。頭が良くないとできないんですねえ？」

　少々話が難しくなったせいか、つららさんは思考が停止している様子でした。そうです。

　こちらの住人はこういうお話に興味ないのを失念していました。

「とにかくですね、有名で元気なあやかしほど自己治癒力で治ってしまうんですけど、知名度が低くて弱ったあやかしほど普通の生き物に近くなります。なので私は正体を見極め、安全な薬を提案する係というわけです」

「なるほどぉ？」

「ごほん。その話はともかく、続きをいいかい？」

　祖母は咳払いで私たちの注意を引きます。

　診療所以外での活動をよしとしない斑さんは物言いたげでしたが、診療所の主が仕切っているとなれば黙っていました。

「正体に予想がついているのはいいんだけどね、注意点があるよ」

「おやおや？　なんでしょう」

「それをただ教えるのは身にならないから、まずは質問しよう。この診療所には日本の妖怪だけでなく、妖精もよく来院するのはわかっただろう。その理由は何だい？」

こうして時々出される問題も査定の一環なので気は抜けません。私は姿勢を正して向き合います。

「おばあちゃん、それはいきなり投げかけるには難しすぎではないでしょうか」

「来院するってことはいつどこで出くわすかわからないってことだからねえ。備えるには知っておくべきことだろう？」

「確かにそれはそうなんですけど」

「さあ、答えは？」

思考時間も大して与えてくれないなんて本当に手厳しい限りです。

私は視線を斑さんに向けました。

しかしこれは彼に助けを求めたのではありません。

そのことは斑さんも察したらしく、もう諦めたような顔になっています。

「実のところ、ここで手伝いを始めてすぐの頃に聞かせてもらっちゃいました。だって、妖怪ばかりに思える日本なのに来院する二割くらいは妖精ですし」

斑さんは例の事件までは兄以上に私を気遣ってくれた人で、今も頼れる存在です。

ここに来た当初はあれやこれやと全てが物珍しく、質問攻めにしたものでした。それを思い出したのか苦笑する彼から祖母に視線を戻します。

そこに否定の兆候は見られません。

「私たちだって普段しない手術なら解剖や外科の専門書を持ち出して細部を思い出しながら備えるものだよ。必要な時に調べられる力さえあるなら問題ないね」

祖母の答えに安心しました。

私は当時の答えを思い出しながら口にします。

「では、改めまして。妖精は自然に宿るものですけど、現在のイギリスの森林率はたったの一割程度です。対して日本は七割近く。自然崇拝も色濃く残っているので居心地がよくて、移住してくるんですよね。あやかし業界もグローバル化しているんだなぁと感心しました」

「正解だよ、小夜。そして、そのグローバル化というのが私の言いたいことさ」

「わざわざその話題を出すということは、さっきのお話に繋がるんですよね？」

「もちろんだよ」

祖母は私に指を突きつけ、念を押すように語りかけてきます。

「あんたに出した課題の『鉄鎖の化け物』や『富士の不死』だって日本の妖怪とは限らない。それどころか、一部の人間が強く信じれば予想外の要素や能力が混じることがある。例えば雷獣が鵺と化すみたいにね。その怪物もユキヒョウじみたイエティというだけじゃないかもしれない。十分に気をつけな」

「はい、もちろんです」

既知のミケさんと接触する時でも警戒を忘れないくらいです。

初対面のあやかしにはいくら予防線を張っても足りません。

さあ、これにて許可は下りました。

私はつららさんに目を向けます。

彼女は緊張した様子ながらも私の手を取りました。

「小夜ちゃん。ご迷惑おかけしますが、どうぞお願いしますぅ」

「はい。では明日の朝、車で現場に向かうとしましょう。それには一応、つららさんも同行をお願いしますね」

「はい、もちろんですよ！」

「巻き込んでしまいましたけど、斑さんもどうかお願いします」

「ああ、問題ないよ。どうせなにかをするなら声をかけてもらった方が嬉しいしね。美船先生、小夜ちゃんをお預かりします」

苦笑気味に受け入れてくれた斑さんは、律義に祖母へ頭を下げていました。

そんな光景はまるで――。

「小夜ちゃん。ちょっとしたご挨拶みたいですね」

「……っ。そこはその、見透かさないでくださいよ」

うふふと楽しそうに口元を緩めたつららさんが小声で囁いてきます。

まだまだそんな関係ではないけれど、つい想像してしまっただけです。彼女はこういう色恋沙汰には目ざといのですよね。

この密かなイジりに困っていたところ、受付からひょっこりと現れる姿がありました。

「美船先生ー、新しい患者さんが来ましたー」

歩いてくるのは、一人の少年。

彼が四人目のスタッフ、玉兎《ぎょくと》くんです。

この病院を運営することに賛同した医薬の神様、オオクニヌシ様が遣わしてくれた製薬担当の看護師です。

見かけは中学生くらいですが、実年齢はずっと上だとか。

けれども精神は肉体の影響を受けるのでしょう。彼の性格はといえば見た目通りの少年気質です。

「ん？　そんな顔を突き合わせて、なんか問題でもあったんですか？」

「ちょいと野暮用で斑と小夜が明日留守にするって話をしていたんだよ。悪いけれど、明日の午前は二人で回すことになる。問題はないだろうけど覚悟をしておくれ」

「なーるほど。了解です」

あやかしの困りごとを受けて動くのはこれが初めてでもありません。彼は納得した様子で顔ぶれを見回します。

こうして開かずの風穴の調査が決定したのでした。

そうして診療所にやってくる患者さんを一人一人さばき、夜になりました。今日は駆け込む患者さんもいなかったので、時計が八時を示すとそのまま店じまいです。

祖母は私が下ごしらえをした食材で晩ご飯作りをするために一足早くあがり、肉体労働は若い者のお役目となりました。

「小夜ー、今日はこっちでご飯を食べて帰るの？」

洗浄した手術器具をまとめて滅菌用の機械に入れようとしたところ、受付勘定を終わらせた玉兎くんが確認にやってきました。

夜遅くなら食べて帰るのですが、これは悩みどころです。

「家は忙しいかもしれませんし、今日は帰ってご飯を作ろうと思います」

「オッケー。それなら入院患者の世話はこっちでやっておくから、斑と一緒に異獣のお世話と灯篭の色変更をよろしくー」

「異獣さんですか。今回は何を食べたいと言っていましたか？」

これはいい日に当たりました。私は口元をほころばせます。

異獣とは北陸《ほくりく》で語り継がれる善良なあやかしです。

旅人が食事をとろうとしたところ、人間より大きな獣が現れて弁当を食べたそうにしました。なんとも恐ろしいけれど、相手は弁当を欲しがるだけです。

仕方ないので応じたら、どうでしょう。その獣は荷物を運んで恩返しをしてくれました。この子も診療所に寄りつき、ご飯をねだっては雑用を手伝ってくれる子です。

「それがねえ、ミックスナッツなんだって。酒飲みみたいだよね」

「いえいえ、あれは無性に食べたくなる魔力を秘めていますよ。わかります」

「あはは。小夜もそっち側だなぁ」

玉兎くんは、ほどほどにねと軽く心配してくれたあと、薬品棚に向かいました。あちらは夜の投薬とご飯の準備ですね。

それに比べれば実に楽な仕事ですが、これは小さな配慮です。

まほろばの夜道は危険なので、稲原の石碑まで斑さんが送ってくれる——そういう時間配分も合わせての分担なのでしょう。

私服に着がえて母屋に出向きます。

祖母は土間にかまどという古風な調理場で揚げ物をしているところでした。

古き良き割烹《かっぽう》着《ぎ》の背中に「今日は帰りますね」と軽く挨拶をします。

「気をつけて帰るんだよ」

「もちろんです。……あ。でもですね、送り狼になら出会いたい気もします」

「残念だねえ。この辺りに出るのは本物くらいだよ」

そんな冗談を交わしていたところ、祖母の足元に刑部を見つけました。

ねえ、つまみ食いしたい。とでも言いたげに祖母の足にタッチしては見上げるという繰り返しで、こちらには目もくれません。

まあ、よしとしましょう。

私にはこれから異獣との触れ合いが待っているのですから。

ふふふと期待に胸を躍らせながら処置室に向かいます。

斑さんは玉兎くんの準備を手伝っていました。

「話は聞いたよ。じゃあ行こうか」

「はい、お願いします。玉兎くん、また明日ですね」

「そだね。また明日！　待ってるよー」

にこやかに返答をくれた玉兎くんと別れて玄関を出ます。

がらりと引き戸を開けると、そこには夜のまほろばならではの光景が広がりました。

「うわぁ、今日は野生の鬼火が多いですね」

「待ちくたびれた異獣の仕業だね。ほら、あそこ」

眩《まばゆ》い星空のもと、青白く燃えて漂う鬼火が見える限りで六匹。

これもこれで特大のホタルのような趣があるのですが、斑さんが指を差す方向では違った光が見えました。

姿はサルとクマの中間のようでも牛に匹敵する大きさの獣が鬼火を追い、前脚でちょいちょいとつついて遊んでいます。

そうして接触があるたび、鬼火は赤色の光を放っていました。

土の成分によって色を変える鬼火ですが、ストレスがかかると色を変えて威嚇し、ついには熱まで発する生態なのです。

二重の意味でヒートアップしないうちに、私はミックスナッツが詰まった缶を振り鳴らしました。

「異獣ちゃん、お話にあったナッツですよー」

声をかけると異獣はこちらに顔を向け、大型犬のように走ってきました。

ぺたりとお座りした状態でも私より頭頂部が高いサイズ感です。グリズリーやホッキョクグマよりも大きいくらいかもしれません。

こんな存在感が溢れる大きさですが、異獣は大人しく手を出してきました。

刑部は滅多にしてくれないおねだりです。

「はい、どうぞ」

器用なもので、ナッツを手に出してあげると爪で摘まみ上げて咀嚼します。

この反応がまたかわいいのです。

異獣はナッツを噛み締めるなり、ぞわぞわと毛を逆立てました。

まるで味覚が痺れるほど美味しく、それが伝染しちゃったとでも言うようです。

まん丸く見開いた目で私を見つめ、また咀嚼してはぞわぞわと毛を震わせて見つめてくるのです。

人の食べ物だけでなくペットフードを要求することもありますが、いつもこんなに美味しそうに食べてくれるので見飽きません。

「満足してもらえて何よりです」

くすくすと笑いながら付き合っていたところ、私の足元から視線を感じました。

見れば、影のなかで獣の双眸《そうぼう》が光っています。

嫉妬の一歩手前ですね。私は斑さんとナッツ係を交代し、影にいる守護霊のセンリを抱き上げました。

ですが、なんということでしょう。

その長い胴体はいくら引っ張り上げても影から抜けきりません。イタチ以上の胴長になっています。

この子は本当に気分が姿に表れますね。

仕方ないので持てるだけ持ち、撫で続けていると徐々に縮んできました。

「やっぱり小夜ちゃんにべったりみたいだね」

「はい。これ以上となく守護霊をしてくれています」

ようやく腕で抱え込める状態になるとセンリは喉を鳴らし、前脚をにぎにぎとして甘えてきました。

この子は幽霊や神様に近く、あやかしでも見えないし触れません。

斑さんにも無理なので、ちらと確認のように視線を向けてくるだけでした。

異獣の食事もしばらくかかるので、私たちは石階段に移動して座り込みます。左から順に斑さん、私、異獣という感じですね。

しかし、座る位置を間違えました。べしべしと上がる音がその理由です。

ナッツを堪能する異獣は犬みたく尻尾を振るのですが、往復する度に人の腕並みに太い尻尾が背に当たるのです。

これは体の芯に響く衝撃ですね。

地味に痛いので座り直しましょう。

そう思った時、私の背に斑さんの腕が回ってきて尾を防いでくれました。

抱き寄せそうで、しかしそうはならないこの距離感。

なんとも悩ましいです。

まあ、近くに鬼火が浮き、膝ではセンリがごろごろしていて横ではクマみたいな獣が楽しそうにナッツを食べている状況なので、ロマンチックに転がしようもありません。

普通の話題を選ぶとします。

「あのう、斑さん。明日の予定を強引に進めちゃってすみません」

「気にしてないよ。複雑そうな事態だし、どちらにせよ美船先生が付き添わせたと思う。一ヶ月前、小夜ちゃんがここを見つけるまでに比べたらお利口だよ。あの時はキャリーを引いた文学少女が怪奇現象を解決して回るなんて噂が出回ったくらいだしね」

「うっ」

それはここに来る前の話です。

祖母は十三年前にまほろばに行ったきり、完全に音信不通でした。

その所在を捜す手がかりなんてなかったので私はあやかしを追ってみたのです。

護身具で身を固め、祖母が残した書斎の知識を頼りにあやかしを見つけ、鎮める。時に危ないことになればセンリに助けてもらうといったことを繰り返しながら祖母のことを尋ねてまわり、このまほろばに辿り着いたというわけです。

人間の尺度で言うなら、不良やヤクザを鎮圧して回って闇医者を探り当てたというところでしょうか。

今思うと危ない橋を渡ったなと思います。

感動の再会どころか、正座で半日お説教を食らったのでもうしません。

痛切に感じていたところ、斑さんは苦笑を浮かべました。

そうこうしているうちに異獣はナッツに満足したようで手が止まります。

「ツギ。キナコモチ、タベタイ」

「はい、わかりました。準備しておきますね」

たどたどしいながらも人の言葉を発した後、大きく伸びをして藪に消えました。

私たちは診療所前の石階段を下りて火受け皿を交換し、色を変えます。あとは稲原の石碑から帰るのみですね。

「さて、小夜ちゃん。顔が緩んでいるところ悪いけど、ここは異獣みたいに愉快なあやかしもいれば、ホラー映画や都市伝説みたいなものだっているからね。帰りもそれなりに気を張っていないと駄目だよ？」

「もう、斑さん。確かにクーシーや異獣と触れ合えて充実したなぁとは思うんですけど、私の表情が緩んでいるのはそればかりじゃないんですよ？　日々頑張って、だからこそ毎日前進している実感もあるからこの表情なんです」

ここで作り笑いというのも妙なので両手の指で口の端を押し上げました。

砂利道を越え、稲原に踏み入りながら傍らを歩く斑さんに問いかけます。

「斑さんから見てどうですか。私はちゃんと前に歩いていますか？　正しい努力ができていますか？」

返答は言葉よりも先に笑みで返されます。

「そうだね。そこのところは美船先生だって認めるくらいだと思う」

この確かな表情が今のところの採点というところでしょうか。

稲原を進み、石碑まで辿り着いた私は上機嫌で振り返ります。

「じゃあ、また明日ですね。この調子で胸を張って頑張らせてもらいます」

「疲れを残さないようにしっかりと休んでおくんだよ」

「はい。斑さんこそ一日中立ち仕事でしたし、しっかり休んでくださいね」

大体いつも通りの別れです。

くるりと前を向いた私は石碑に二拝二拍手して帰宅の風に包まれるのでした。

□

翌日早朝、私は斑さんとつららさんの二人を車に乗せて出発の準備をしていました。目指すは富士周辺の『開かずの風穴』。そこで白い虎のようなあやかしを保護する目的なので、家族のワゴン車を拝借しています。

慣れないサイズ感ですが、まあ何とかなることでしょう。不慣れを補うためにも、基礎に立ち返って車の状態をチェックします。

サイドミラーの状態、よし。助手席に座る斑さんはぐったり。

バックミラーの調整完了。後部座席のつららさんは寝そべっています。

はい、予想された姿ですね。私は二人に声をかけます。

「では風穴に向けて出発しますね？」

「ああ、任せるよ……」

「私のことはお気になさらずぅ……」

「飲み物休憩などが欲しくなったら言ってください」

何ともだらしないようですが、あやかしにとって現代とは、信仰が途切れて苦しみばかりの娑婆。年中続く夏バテか、高山くらいに負荷がかかるそうです。

事が始まる前から疲労困憊とはこれ如何《いか》に。

とはいえ、雪女ほどの知名度だとさほど影響はないのでしょう。つららさんはすぐに起き上がります。

バックミラー越しに見ると、彼女は斑さんにしげしげと視線を注いでいました。

「常々思っていたんですけどぉ、斑さんは何のあやかしなんですか？」

彼女の口から零れ出た疑問に、私はつい減速が粗雑になって車体をがくんと揺らしてしまいました。

普通は問題ない一言です。人で言えば「どこ出身？」と問うようなもので、見かけでは正体がわからない斑さんに訊きたくなるのも無理はないでしょう。

けれど、この話題は彼の辛い過去に触れかねません。

私は心配して視線を向けます。

彼は大して気にした様子もなく視線を返してくるのみでした。

「神使《しんし》と一口で言えれば楽だけど、とても曖昧《あいまい》なんだ。玉兎と違って僕は魔祓い師の家系と神使の間にできた子供だからね」

「能力を求めてあやかしの血を取り入れる噂は耳にしますが、珍しいお家柄ですねぇ。それにしても神使なんてあやかし、いましたっけ？」

つららさんは首を傾げます。

「稲荷神社の狐みたいな八百万《やおよろず》の神々の使いのことだよ。僕の母はウカノミタマ様の神使でね、関係性で言えば安倍晴明《あべのせいめい》とその母、葛の葉《くずのは》と同じなんだ」

「ウカノミタマ……はっ!?　伏見稲荷大社《ふしみいなりたいしゃ》の主祭神!?　ひええっ、尊いご身分じゃないですかぁ!?」

王侯貴族の関係者と言われたようなものでしょう。つららさんは私の座席に後ろから張り付きます。

彼女は私の肩を叩き、視線で何かを訴えていました。

「小夜ちゃんは知っていたんですか!?」

「はい。斑さんとは物心ついた頃から一緒でしたし、玉兎くんも医薬を司るオオクニヌシ様の神使見習いですから。まほろばで『国境《こっきょう》なき医師団《いしだん》』みたいに診療所を開くんですし、偉い方の後援は必須ですよね。あとつららさん、ちょっと落ち着いてください」

つららさんは運転の支障になるということもお構いなしで、座席ごしに私の肩を揺らしてきました。

人間としてはどれだけ凄い存在なのかはわからないので、へえそうなんだと頷く程度でしたが、あやかし同士だと大事のようです。

「そ、そういえばぁ……診療所は二柱《ふたはしら》の神様が後援していらっしゃるんでしたっけ?」

怖々と問いかける彼女に斑さんは頷きで返します。

「それがオオクニヌシ様とウカノミタマ様だよ。特にウカノミタマ様は人とあやかしの関係を常々憂いてくれている神でね、あやかしが最盛期だった時代には神使に安倍晴明を産ませることで人を守った。逆にあやかしが弱る現代では、美船先生の医療を学ぶことであやかしを助けようと母を遣わしたんだ」

幼少時の私を助けてくれたのも、その神様たちなんだとか。

祖母とあやかしの付き合いはとても長く、神使が遣わされたのも私が生まれる以前のこと。斑さんは兄と同い年の二十八歳になります。

そして、例の事件を機に祖母と共にまほろばに帰って、今に至るわけです。

そんな流れであれば当然、斑さんのお母さんも診療所で働いているはずでしょう。

けれども現在のスタッフにその姿はありません。

そこが問題なのです。

「はて？　診療所のスタッフは確か……」

ハンドルを掴む手にも力がこもるくらいに心配していたところ、つららさんはひぃふぅみぃと数える様子で地雷を踏み抜きました。

私は斑さんの顔を見つめます。

彼の表情は不思議と真っ直ぐでした。

「ああ、母はいないよ。娑婆はこの通りきつい世界だからね。母は幼い僕の負担までかばい続けて倒れ、ウカノミタマ様のもとに還ってしまったんだ」

「それはつまり、死んだという……？」

「神使は主の分身みたいなものだから死にはしないよ。いつ目が覚めるか知れない眠りについただけだ。ただ、同じ伝説から生まれた雪女でも個性が違うように、次に目が覚めた時は同じようで違う存在になっているかもしれないけれどね」

「あ、あわわ……。それは悪いことを訊いちゃいましたかぁっ!?」

死生観に疎いあやかしでも流石にここまで来ると察した様子です。

全ては手遅れと私が遠い目をしていたことも、バックミラー越しに通じました。

けれど斑さんは憤っていません。やんちゃな子犬を前にした時と同じく、仕方ないなと認める顔です。

「いなくなってしまったのは残念だけど、それは母の愛情故だった。そのことでいつまでも後ろ向きではいられないよ」

この気持ちには強く共感できます。

私も祖母と一緒にいたかったのに、ずっと離れ離れでした。

けれど、それは家族を守るためであり、あやかしを救うためなのです。私が憧れたあの背を恨めはしません。

想いを継いで、自らも同じように振る舞う――。

こうして語る斑さんは、私からすると先駆者を見ている想いすらありました。

「母は僕が生まれる前からあやかしのため、美船先生に師事していた。神使の息子なんてあやふやな存在だからこそ、たとえ母が全部忘れてもその在り方を引き継ぐのが僕らしさになる。悪かったと思うなら、より一層診療所のためになることを頼むよ」

「そっ、それはもちろんですとも!」

つららさんは首を大きく上下させて頷いている。

斑さんが傷ついていないようで何よりと、私も内心ほっとします。

ようやく運転に集中できそうですね。

私がそう思った時、斑さんがこちらに視線を向けていたことに気付きました。

「そんなわけで、美船先生を継ごうという小夜ちゃんの面倒を見ることも僕らしさの一つになる。小夜ちゃんの行動力と計画力は感心するけど無茶はして欲しくない。一人で何かをするくらいなら、今回みたいに僕を頼ってくれると助かるよ」

零した言葉のなんと恐ろしいことか。

斑さんは基本的に褒めて伸ばすタイプで、なんだかんだ言って、いいとこ探しをしてくれます。

小憎らしい本当の兄を補うように優しかった斑さんは今も健在でした。

「ところで、美船先生から出された課題の進捗はどうなんだい？」

優しさのむず痒さに表情が緩みそうになっていたところ、助け舟のように話題転換をしてくれます。

これ幸いと、私は集めた情報を思い出しました。

「それについても調べは進めています。大学生は怪談や肝試しが好物なのでローカルな情報も含めて情報収集は割と捗っていますよ」

診療所で働くための条件第二、問題解決能力です。

こちらも抜かりはありません。

「『富士の不死』は亡くなった旦那さんが黄泉返《よみがえ》ったと言い回る認知症のおばあさんということでした。しかし、実際に旦那さんを見た人もいるそうなので調査が必要そうです。『鉄鎖の化け物』は複数の器物破損事件で、鎖とその擦過痕も確認されている話ですね。気になることに、これから向かう『開かずの風穴』近くでもそれらしき事件は起こっているそうです」

その話を聞いたつららさんは顎に手を添え、思案顔を見せます。

「私が見たイエティは鎖なんて身に着けていませんでしたよ。無関係なあやかしがわざわざ近くで何かをするなんて、偶然ではないですよねぇ？」

「これは『狐と狸の化かし合い』的な一件かもしれないね」

斑さんも懸念を察してくれました。

この言葉は、悪賢い者同士が互いに騙し合うことのたとえです。

けれど人の噂が力になるあやかし業界では、別の意味で捉えることもあります。

知っているかい？　と視線で問いかけてくる斑さんに私は返答しました。

「ある時、力をつけようとした狸が人を化かした。それを知った狐がもっと目立つ形で騒ぎを起こして、全ては狐の仕業だったんだと人に思わせて旨味を総取りしたお話ですね」

「そう。その鉄鎖の化け物が騒ぎを自分のものにしようと現れる可能性はある。十分に警戒しないといけないね」

渦中にいざ飛び込むと、いがみ合うあやかしの間に出たなんて笑えない展開です。

ひとまず近づくにしても警戒は絶対に欠かせません。

「はい。気を付けていきましょう」

可能性についてはあれこれと考えつつ、私たちは目的地に向かうのでした。

□

甲府盆地と富士山の間にある御坂《みさか》山地を抜け、富士五湖《ごこ》があるエリアまで出てくれば富《ふ》岳風穴《がくふうけつ》や鳴沢氷穴もすぐそこです。

もっとも、目指すは観光地ではありません。

風穴は大昔の火山活動で作られただけあって、規模を問わなければこの地域に散在しているのです。

案内で着いた先もその一つ。小規模なので米や味噌などの貯蔵庫として民間利用されている風穴でした。

つららさんは座席に寄りかかって指差します。

「あっ、ここですねぇ。ここ！　山側へ入っていけばすぐですぅ」

齢数百のはずが、つららさんは初めて観光に来る女の子のようです。

示されたのは畑が広がる扇状地ですね。

山へ続く道からは籠を背負った七十代ほどの女性が歩いてきました。

きっと農作業の帰りでしょう。狭い道なので徐行運転ですれ違います。

見るからに地元民しか往来しない道ですし、私たちに向けられるのはよそ者への奇異の視線です。

けれどもどういったことか、近づくにつれて視線が軟化してきました。

はて。これはどういったことでしょう?

不思議に思っていたところ、後部座席の窓が開きました。

「こんにちはぁ。畑仕事の帰りですか?」

「ああ、やっぱりつらら様か。大根を取りに行った帰りだよ。そっちはまたじいさんの見舞いにでも来てくれたのかい?」

つららさんが声をかけると女性の表情は和らぎます。お互いの信頼しきった笑顔を見るに、親戚と同等の深い仲が窺《うかが》えした。

風穴に生まれた化け物とやらは例の教授、藤原巳之吉さんの父親が倒れ、そのお見舞いに行かせるべくつららさんがイエティの研究資料を持ち出したことで生まれたはずです。

この受け答えからするに女性は巳之吉さんの母親なのでしょう。

「いいえー。今回は風穴を開けるために助っ人を連れてきましたぁ」

つららさんからの紹介に、私と斑さんは会釈で応じます。

おばあさんは丁寧に頭を下げて返してくれた後、急に表情を曇らせました。

「ありゃあ、大丈夫かい? 米や味噌もそろそろなくなるから補充してぇなと思っていたけんど、風穴にゃ化け物がいるんじゃないかって噂だよ。ほら、この先の松なんて傷だらけで倒されてなぁ。この前なんてテレビまで来なさったよ」

おばあさんは恐ろしげに語ります。

つらさんのように『開かずの風穴』の正体を目にした人以外からすれば、心配するのも無理はありません。

さらにおばあさんはふと思い出したように話を加えてきます。

「そういやぁ番組を見た巳之吉までやってきたけんど、じいさんの見舞いもせんと風穴に行きよってなぁ。あいつの考えはもうわからんよ」

「こっちに来たんですね!? わかりましたぁ。それなら私からも言っておきます。ではおばあちゃん、今日は先を急がせてもらいますね」

その巳之吉さんは大学教授として長らく研究にかかりっきり。つらさんもまともに話せないからこそ、強硬手段に出たはずでした。

現場に引っぱりだせた今こそ、こじれた関係と向き合うチャンスです。

会話を切り上げた彼女は私の座席に飛びついてきました。

「お待たせしました。それからすみません、風穴に急いでもらってもいいですか？」

「すれ違うのは嫌ですもんね。わかりました。件の松は後で確認しましょう」

私はギアをドライブに入れ直し、取り急ぎ出発します。

そんな中でもつらさんはおばあさんの姿が見えなくなるまで手を振り、別れを惜しんでいました。

　現代人はあやかしがいるとさえ思っていないものです。

　これほど絆が残っている例なんてほとんどないでしょう。

「あの女性とは長い付き合いなんですか？」

「はいー。でも、古くから関係があるのは旦那さん側の血縁ですぅ。雪女にはありがちな話ですよ。お二人は小泉八雲《こいずみやくも》が書いた雪女をご存じですか？」

　問いかけに私と斑さんは揃って頷きます。

「もちろんです」

「小泉八雲は耳なし芳一《ほういち》や雪女、ろくろ首……民間伝承を基にした短編の作者として有名だからね。まほろばへ移住したあやかしでも知っていることが多いよ」

　私たちにとってはかなり常識に近いお話です。

　それを確かめたつららさんは静かに語り始めました。

「あれは飢饉《ききん》があった江戸後期でしたね。冬の食糧難に耐えかね、猟に出た老人と子供がいたんです。しかし二人は吹雪に見舞われて帰れなくなりました。手持ち食料は乏しく、吹雪が止むまでもたないのは明らかだったんです。小夜ちゃん。そういう時、人ならどうしますか？」

「もしそれが私とおばあちゃんだったら必死に耐えますね。どちらかを犠牲にするなんて、ずっと後悔すると思います」

大切な人との天秤であれば、悪い結果が待っているとわかっていても判断を先送りにしてしまうものです。

つららさんはさもありなんと頷きました。

「そうなりますよねえ。でも、事は単純ではありません。だって二人には飢えて待つ家族もいたんです。食料調達に出た二人は一家の生命線だったんですよ」

「あ……。確かにそういう場合の方が多いですよね」

「どちらかが生き延びなければ、家族まで死にます。そんな場面で生まれるあやかしが、雪女です。私は老人を殺し、子供を生かしました。二人のどちらかがそれを願ったんです。あやかしは人に寄り添うお隣さんのほかに、こんな必要悪だったりもするんですね。でも、家族を殺す悪者なんですから普通は嫌われていました」

飢えたことがない私は、言われて初めて背景に気付かされました。

あやかしとは単に人の遊び心や教訓から生まれるばかりではありません。時には罪の肩代わり役でもあったのでしょう。

「ですがたまにいるんですよねぇ、そんな化け物でも理解してくれる人。あのときに助けた彼は数年後、ばったり出会った時も私と向き合ってくれまして。そして、何度か会っているうちに……」

話は一転。つららさんは紅潮した顔を手で隠します。

後のストーリーは聞くまでもないでしょう。雪女が人と子をなす話は多いです。

単に縁がある家系どころか、血縁があるというお話でした。

予想外に深い関係性に、こっちこそ顔を隠したくなります。今はこのハンドルが恨めしいですね。

「そういうわけで子々孫々までつい見守ってしまいました。とはいえ、おばあちゃんの下の世代——巳之吉さんは都会に住んでいますし、子供の頃に会ったきり顔を合わせることもないので、この縁も今代限りでしょうねぇ」

人とあやかしが密接だった時代は遠い過去のもの。こうして土着の縁が消えると共に姿を消すあやかしも少なくないと聞きます。

遠い思い出を語るつららさんの姿にも哀愁が窺われました。

彼女がご家族の関係修復に肩入れしようとした気持ちも察せられます。

「つららさんにとっては大事なご家族なんですね。……わかりました！　せめて状況を複雑にしている風穴の問題は解決しましょう」

「そう言ってもらえると助かりますぅ」

頼まれたのはイエティの保護のみですが、できることもあるかもしれません。にこりと返される笑みに陰りが生まれる結果は避けたいところです。

そうこうしているうちに松の倒木を通り過ぎると、一本の山道と車が見えてきました。どうやらすれ違いは回避できたようです。

「着きましたぁ。その道を登ればすぐです」

先客の車に続けて路傍に駐車します。

道路から見る限りでは城の跡ですね。

山の斜面を囲うように石垣が並んでおり、立派過ぎる基礎だけが残っているのかと思えました。

イエティがいるのは確かなのでしょう。

足元に守護霊のセンリが現れ、身を寄せてきました。

不審な何かを感じ取り、守ろうとしてくれているようです。

「中央辺りだね。小夜ちゃんは後ろについてきて」

「はい。頼りにしています」

斑さんも同じものを感じ取ったようです。あやかし同士は大なり小なり妖気というべきものを察知できると、以前耳にしました。

カバンの護身具には手を伸ばしつつ、ここはお言葉に甘えさせてもらいます。

「お二人とも。その前に一つだけいいですかー？」

その声に振り向いてみると、つららさんは少しためらいがちに呼びかけてきます。

「なんでしょうか？」

「この先のことで、ちょっと。巳之吉さんとは上手くやれないかもしれませんが、それでも私に一任してもらえると嬉しいなぁと言いたくて」

「確かに外野は口出ししにくいお話ですけど……何か理由でもあるんですか？」

「巳之吉さんは私を怖がっているんです。良かれと思ってしたことも裏目に出るばかり。だから今回、研究資料を返す代わりにおじいさんのお見舞いに行ってもらえたらそれでいいんです」

それでいい、とはどういう意味なのでしょうか。

先程までの会話からすれば、寂しい結末に対する覚悟にも聞こえます。

そもそもつららさんはイエティの保護だけを依頼して、家族の問題は自分たちで解決すると言っていました。

それを思えば深い考えと事情が察せられます。

「……わかりました。けれどイエティの保護を中心に、できることは協力させてもらいますね？」

「小夜ちゃん、ありがとうございますぅ」

つららさんはこの返答でほっと息を吐いていました。

下手に気遣うのも感情に任せて首を突っ込むのも、彼女は望まないでしょう。

斑さんも同じ気持ちなのか、私と目が合うと頷いてくれます。

ともあれ、ひとまず状況を見てからでも遅くはありません。

私たちは改めて歩みを再開し、崩れた石垣のみとなった風穴を過ぎていきます。その先に、屋根と戸を備えたものが見えました。

おばあさんとの話の通り、そこには先客がいます。

そう。四十代くらいと若めながらも古風な名前の教授――ニュースで見た藤原巳之吉さんです。

彼は凍りついた風穴の戸を怪訝そうに見つめているところでした。

足音で振り返った彼はつららさんを目にすると表情を険しくします。

「これも全部、あんたの仕業か」

つららさんは視線の圧に負け、縮こまっています。おばあさんとの朗らかなやりとりとは一転した様子でした。

巳之吉さんがそんな彼女に向ける言葉は気心知れた仲とはとても思えないものです。

「神秘性を重んじて首を縦に振ろうとしなかった寺院が急に資料提供に応じたことといい、我が家では都合のいいことがよく起こったものだ。あんたは親切な守り神みたいなものと思っていたよ。だけど年を経るにつれて、そうは思えなくなった」

彼の呟きはつららさんに刺さるだけではありません。

思い出されるのは我が家とあやかしの関係です。私と斑さんにとっても当事者のように思える言葉でした。

「いいえ、私は出来る範囲で協力しただけで過度なことは……」

「本当にそうなのか？　雪山で老人を殺し、子供と家族を生かした雪女だ。寝たきりの親父が私にとって足枷だと思って殺さない保証がどこにある？　そもそも、親父の具合が悪くなったのも、実はあんたが祟っているんじゃないのか？」

「そ、そんなことは……」

「ないとは言えない。それがあやかしというものだと私は学んだ」

巳之吉さんの目を見ればわかります。

これは単なる言いがかりではありません。雪女やあやかしについて深く学んだからこそ生まれた疑念なのでしょう。

現代では両親の介護で生活に困窮する人もいます。

では、『子が苦しむ』『老いた親がいなくなった方が楽になる』といった状況で、必要悪だった雪女はどう動くでしょうか？

私には、舞台が雪山でないだけで同じ状況にも思えました。

これは何とも居た堪れません。一任してほしいと言われた後なのに、口を出しそうになります。

斑さんは小さく横に手をあげ、そんな私を制してくれていました。

すぅ、はぁと深呼吸で気持ちを落ち着けているうちに、つららさんは口を開きます。

「そう、ですねぇ。私たちは人が思えば何にでもなります。巳之吉さんが思っていることも真実になったっておかしくありません……」

つららさんは絞り出すように言います。

対する反応は変わりません。巳之吉さんは顔に深く皺を刻んだままでした。

「わかったらこれ以後、実家には近づかないでくれ」

「……わかりました。でも、せっかくここまで来たんだから茂作《もさく》さんのお見舞いに行ってください。研究資料は、そこに届けますから」

「それくらいはするさ」

話はそれで終わりと巳之吉さんは風穴の前を離れ、私たちに目を向けました。

「あんたたちは何だ？」

本当はつららさんの味方と名乗りたいところです。けれどもこれ以上、空気を悪化させないためにも下手な擁護はできませんでした。

辛いところですが、ここはつららさんに頼まれた通りにします。

「私はごく普通の大学生で、こちらはあやかしを専門に診る先生です。『開かずの風穴』の原因となっているものを保護しに来ました」

答えてみるとどうしたことでしょう。巳之吉さんは少しばかり驚いた様子で眉を上げました。

何を思ったかは不明ですが、すぐさま問いかけられます。

「それじゃあ、あんたは人間ってことか？」

「私はそうです。この通り、学生証も持っています」

つららさんの仲間として偏見を向けられるかと思いきや、巳之吉さんは疑ったり、険しい目を向けたりすることもありません。

彼はしばし思考を挟んだ後、つららさんに視線を向けます。

「だったら資料はこの二人に届けさせてくれ。実家は近い。それくらいの無理は利くんだろう？」

「え、えぇーと、それは二人のご迷惑に……」

「いいえ。まだ時間的な余裕もありますし、構いませんよ」

「それならばよろしく頼む」

お辞儀とはいかずとも、目を伏せて会釈程度に頭を傾けてきました。

関係を断ちたいだけなら、もっと目の敵にするような険悪さでもおかしくないはず。なのにこれはどういうことでしょう？

雪女やあやかしについて深く学んだような素振りといい、どうも気がかりです。

意外な態度に私と斑さんが面食らっているうちに、彼は山道を下りていきました。

残されたつららさんは物寂しげな表情を浮かべています。

「お二人とも、ご迷惑をかけてしまってすみません……」

「気にしていません。ほとんど通り道みたいなものですよ」

ありがとうございますと小さく呟いたつららさんは遠い目で空を見上げました。

「現代は生き辛いですねぇ。住処がなくなった河童や、噂をされることもなくなったあやかしみたいに、私も幕引きみたいです。それでも長く続いた方ですね」

後ろ髪を引かれながらも、未練をどうにか断とうとする表情です。私が診療所に関わろうとした当初、祖母もよくこんな顔を見せていました。

つららさんの友人としてどうにかしてあげたい気持ちはあります。

それに、巳之吉さんの態度にも不可解な点がありました。

何かをしてあげられるかもしれません。

状況を知るためにも問いかけます。

「巳之吉さんとはどういうご関係だったんですか？」

「最初は悪い関係ではなかったんです。彼の研究も民俗学に関することで、私は研究資料を得られるように手を回していました。でも、いつの間にかこんな仲です」

思い出を締めくくるようにつららさんは過去を語ります。

けれどこの場を一任してくれと言った通り、慰めなんて求めていないのでしょう。彼女はぱんと手を叩いて空気を切り替えました。

「とと、個人的なお話をすみませんー。お二人の本来の仕事を待たせっぱなしでしたね。さあ、風穴の戸を開けましょう！」

雰囲気が一転していることからも気持ちが察せられます。

ここで敢えて蒸し返すのもよくないことでしょう。私と斑さんは彼女が促す通り、風穴に目を向けました。

「戸が凍っているけれど、この中に例の怪物がいるのかい？」

斑さんは戸に手をかけましたが、酷く凍りついているためにびくともしません。

まさに『開かずの風穴』そのものです。

「はいー。中にイエティの皮を隠していたら、いつの間にか居ついたんです。普段、この風穴が適温になるように少しだけ力添えをしていたことも影響したのかもしれません。外に出すわけにもいかないし、苦しそうだったのでここにいてもらいました」

「ということはこの氷もつららさんの力なんですか？」

冷蔵庫の氷精を見慣れている私としてはその可能性が思いつきます。

問いかけてみると、彼女は微妙な表情を浮かべました。

「はい、多少は。でも、こんな、目に見えるほど固く閉じてなかったはずですぅ。戸を壊すと直す手間もありますし、力業では開けたくないですねえ」

「それなら僕が開けよう。二人は少し下がっておいてほしい」

斑さんが前に出て、つららさんも私をかばってくれます。

彼が胸元から呪符を取り出し、戸にかざすと氷は一斉に砕け散りました。戸は自動ドアのようにひとりでに開き、中が照らされます。

そこには話の通り、動くものがいました。

「なるほど。これがつららさんの言うイエティっぽくない怪物か」

「はい！　冬に姿が白くなる雪山の動物っぽくはありますけど、よく見るイエティとは姿があまりにも違うじゃないですか。妙な姿ですよねぇ」

靄《もや》となる冷気の向こう側にいたもの。

それは、四足歩行の獣でした。

真っ白な毛皮をまとい、犬や猫よりずっと太い四肢と鋭い鉤爪を持っています。ネコ科の大型動物に似ていますが、体格は虎と熊の中間と言った方がいいかもしれません。近い動物を挙げるとすれば、ユキヒョウでしょう。それを大きくした感じです。

海外の動物だし、世俗に疎いあやかしが知らなくても無理はありません。

得体の知れない相手と警戒するつららさんに、私はネットで検索したユキヒョウの画像を見せます。

すると彼女はまじまじと見比べました。

「……瓜二つですね」

「はい。つららさんが持ち出した研究資料はユキヒョウの皮だと分析されていましたし、その知らせが色濃く影響した結果だと思います。例えば猫や狸に近いといわれていた雷獣も、近代になって正体は雷に驚いて木から落ちたハクビシンでは？　と、ささやかれてからはその影響が色濃く出ているらしいんですよね」

「むぅー。時代の影響がそんなところにまで出るなんて……」

つららさんが唸っている間もこのあやかしは大人しくしていました。

いや、というよりはそうするしかなかったのかもしれません。

予想外なことに、このあやかしの足元には同じ見かけの子供が一頭いました。

子供を守るように身構えていますが、その四肢には力があまり入っていません。少しふらつき、目ヤニも溜まっています。

「この衰弱加減……。きっと、子供をかばってこの場に冷気を満たしていたんだろうね」

斑さんは感情移入した様子で呟きます。

ああ、そうでした。まさに車内での話題そのものではないですか。

斑さんはこれと同じ経験でお母さんを失ったんです。

警戒する必要がないことを示すためか、斑さんは片膝をついて見守っていました。

「お二人とも、大丈夫ですよう。この子はとても大人しかったですから」

「ぐるぅ……」

つららさんが間合いに踏み込んでも威嚇はされません。それどころか彼女が首を抱き締めると脱力していきます。

同時に、風穴の戸に広がっていた氷が蒸発して消えていきました。

「ほらほらぁ、大人しくないですか？」

「というよりこれは弱っているんだと思うよ。生まれたてのあやかしな上に、ぽっと出のニュースがルーツだから信仰は一気に弱まっていく。それでも子供の負担を軽くするために場の冷気を保っていたみたいだからね」

こうして会話をしている間にもイエティは伏せてしまいました。警戒心より疲労が勝ってきたようです。

母獣はこんな様子ですが、子供は斑さんの言葉通りに守られていたのでしょう。最初は陰に隠れていたものの、じっとしきれなくなって母親の体を登る活発さでした。

無邪気な戯れはいつ見ても癒しです。

それをほくほくと眺めていると足元にいたセンリが戸の方に向かって歩き出し、消えました。危険はないと判断したのでしょう。

それと同時、鼻を掠める臭いに気付きました。

「あっちに糞がありますね」

臭い、汚いと非難されがちですが、排泄物は健康状態を図る重要な指標です。

この声に斑さんも反応してくれました。

「ああ、本当だ。しかも血便だし、この臭い……もしかしたら細菌性腸炎かもね」

「その話、おばあちゃんも言っていました。色や臭いで絞れるとかなんとか」

「草食獣と肉食獣で糞の臭いが違うように細菌も何を栄養にするかで違いが出るし、割と理屈はあるんだよ。病原体の塊でもあるし、確定もできないからわざわざ臭いにいくものではないと思うけどね」

斑さんが新たに呪符を取り出すと、地面の下痢便は燃え上がって消えました。

続いて斑さんはイエティの背の皮膚を摘まみ上げて脱水の度合いを確かめたり、目蓋の裏や歯茎の色を見たり、持っていた聴診器で肺と心臓の音を聞いたりします。

けれどもこの確認は慎重に距離感を保ってのものです。

伏せっているイエティも一挙手一投足に視線を向け、斑さんが身を近づけすぎた時などは口元を威嚇気味に釣り上げていました。

やはりつららさんと私たちでは全く態度が異なっています。冷気に関するあやかし特有の仲間意識でもあるのでしょうか。

ひと通り調べ終えた斑さんはどっと疲れたように息を吐きました。

「少し脱水はあるけれど一分一秒を争う事態ではないね。ひとまずつららさんが約束したようにイエティの皮を返却して、予定通り診療所に戻ろう。それで、現物はどこに？」

「あっちのスノコの下にありますぅ」

この風穴には漬物と思しきプラスチックの容器のほか、米を三十キロ単位で買う時に見かける茶色い紙袋が何袋も積まれています。

つららさんの指示に従って探ると、プラスチックケースに入った干物のようなものが見つかりました。

乾燥した上に風化しているので面影もありませんが、これがイエティの皮と言われたユキヒョウの毛皮だそうです。

今のつららさんと巳之吉さんを繋いでいる品だと思うと、手にズシリときます。

「あとはこれを返しに行くだけなんですけど……その前に訊きたいことがあります。巳之吉さんは実家に近づかないでくれと言いましたが、つららさんはあのご家族とこれきりになってもいいんですか？」

「……さっき返答したとおりですよ。あやかしは人の想像でどうとでも化けます。誰かが恐ろしい雪女を想像するなら、そうならない保証はありませんし、仕方ないです」

彼女は実に寂しそうに呟きます。

イエティはその気配を察したのか、喉を鳴らしてすり寄っていました。

まるで長年連れ添った人と犬のようです。

そんな優しさに触れた影響でしょうか。つららさんの口から「ただ……」と弱音が漏れました。

「本音を言わせてもらえば、辛いですねぇ。小夜ちゃんは知っていますか？　まほろばは住みよいところなんですが、その言葉通りの理想郷じゃないんですよ」

「人がいなくてもあやかしが生きていけるのにですか？」

苦しみが絶えない娑婆と、人の信仰がなくとも生きていけるまほろば。

対比するように言われていたものだから、私としては意外でした。耳を疑うように問い返してしまいます。

「はい。人はあやかしの生みの親で、切っても切れない間柄です。そんな相手がいない世界ですから、本能を見失って無気力になっちゃうんですよ。だからあやかしは時々娑婆に繰り出して悪さをします。私を私と見てくれる人はもっと特別です。それがいなくなるのは、とっても辛いですね……」

「誰かに存在を認められてこそのあやかしだからね。人と密接に関係するあやかしだと、半身を裂かれるようなものと聞くよ」

斑さんも同意するように、単に会えなくて寂しいというだけではないのでしょう。

そんな話を聞けば、やはり見ているだけというのはできません。

「わかりました。でしたらこれを返す際に別の解決法も探したいと思います」

「うう、小夜ちゃん。ありがとうございますぅ」

「いえいえ。乗りかかった船ですから」

潤んだ目で見上げてくるつららさんを抱き留めた後、私たちは風穴を後にしてイエティの母子共々、車に乗り込みます。

これは病院名義でスタッフも乗せる車なので、中は広々と八人乗りです。イエティは相当な大きさではありますが、伏せの状態であれば乗り込めました。

動く度に座席がミシミシといっていましたが、傷やへこみが残らないことを祈ります。

「返しにいく前に、おばあちゃんが言っていた松を見ないとですよねー？　多分、あれです」

「そうですね。ささっと確認だけしちゃいましょう」

同じ道を戻っていくと、傷ついた木が見えてきました。

風穴内と同じくイエティを抱えてもらっているつららさんは車内にいてもらい、私と斑さんだけで松を確認します。

おばあさんの話通り、幹はもう倒れたと言っていいほど斜めに傾《かし》いでいました。

倒れる以前は人の肩辺りだっただろう高さには、二種類の擦過痕が残されています。一つは浅く広い擦過痕で、樹皮が剥げています。

そして、その傷に重なる形で深い溝が刻まれていました。

「爪痕というほどでもないですね。本当に噂通りの『鉄鎖の化け物』が体当たりでもしたのか、角が鈍いもので擦ったような跡が重なっています」

噂をもとに考えるのなら動く鎖ではなく、じゃらじゃらと鎖を巻いた大動物の仕業とでも言えばいいでしょうか。

付喪神《つくもがみ》でもなさそうですし、私の知識の範囲では正体に覚えがありません。

斑さんも答えに悩んだ様子です。

「僕にわかるのは、イエティの気配とは全くの別物というくらいかな。やっぱり部外者の『鉄鎖の化け物』がわざと痕跡を残したんだと思う」

「そうなんですか？」

「僕ではどういう系統の気配なのかまではわからないけど、違うことは確かだよ」

木の温度を確かめるように手をかざしていた斑さんは車を振り返ります。

妖力センサーとでも言うべきものでしょうか。

イエティと比較しているようです。

「やっぱり噂を被せに来たんですね。そうすればイエティの評判も奪えますから。早めに保護していなかったらもっと派手な痕跡を残されていたかもしれません」

どうしてそこまで名を揚げようとするのでしょう？

そもそも、あやかしは多少なりとも噂が立てば十分に元気になりますし、有名になれば魔祓い師に追われるリスクが高まるばかりです。

まあ、それももう関係ないでしょう。

巳之吉さんに研究資料を返して資料発見の一報でも入れてもらえば、イエティと『開かずの風穴』の噂は霧散していくはずです。

——ただし、単に解決すればいいわけではありません。それでは寂しげな表情を浮かべているつららさんは報われないままです。

「斑さん。今回の件、私はとても感情移入しています」

正直に気持ちを言葉にしてみます。

私が何を思って口にしたのか、すぐに察してくれたようです。彼は深く頷きました。

「……そうか。小夜ちゃんの家もあやかしのおかげで幸も不幸もあった。美船先生は家族のために自分だけがまほろばに行って、つららさんは家族のために巳之吉さんとの縁を切ろうとしている。似ているかもしれないね」

ほら、この通り。

説明しなくても、斑さんには筒抜けでした。

小さい頃に私が泣いていても、すぐに理由を察して慰めてくれたものです。

けれど、彼は泣いている私の問題を打ち砕いてくれるヒーローではありません。解決には何が必要かを指し示し、時には助力して導いてくれた存在です。

そんな最も頼れる人に、私は気持ちを吐露します。

「確かに家族を危険に晒さないためには縁を切るのが手っ取り早いかもしれないけど、私は誰かが辛い思いをしたまま我慢するというのはとても嫌です」

だからこそ私は祖母の後を継ごうとしています。

「理想は高く。しかして堅実に、だね」

「なんですか、それは？」

「美船先生がよく言うんだ。医療現場は、論文に書かれている根拠や、病院と患者に無理のないコストで処置を考えないといけない。だけど、あやかしは人の生活や教訓、願いをもとに生まれた。現実を追うだけじゃなくて理想も持たないと、この稼業はやっていけないんだよ。奨励はしないけど、理想を目指すのは大事なことなんだ」

そう言って、斑さんは優しく見据えてきます。

だからこそ、どうしたい？　と、希望を問われているかのようでした。

本当にずるいですね。不安が渦巻いていた胸に火が灯りそうです。

「私、巳之吉さんに話を聞いて、できるだけのことをしたいです」

「彼がつららさんを拒絶していてもかい？」

「雪女とあやかしについてあれだけ調べている人です。単に関わりを避けているだけとは思えません。だからこそ、私にもできることがあると考えています」

「わかった。僕もできる限り手伝うよ」

そう、この言葉を待っていました。

彼の頼もしい言葉に頷き、私たちは車に戻るのでした。

□

さて、『開かずの風穴』のイエティは保護したのですが、つららさんと巳之吉さんの家族の問題や、『鉄鎖の化け物』による被害の拡大を防ぐためにも、イエティの研究資料を届けに行く必要がありました。

到着した先は何の変哲もない田舎の民家です。

雪女が関わるからといって、地元の名家というわけでもありません。古い縁側は残しつつ、玄関のリフォームや部屋の増設をした形跡が見られる——そんなどこにでもありそうな外観でした。

その庭に先程も見た巳之吉さんの車が停まっています。

「つららさん、じゃあ私たち二人でお返ししてきますね」

「ご迷惑かけますぅ」

彼女は頭を下げてくるものの、鎮静剤もなしに膝枕だけでイエティを宥《なだ》められているのは立派な活躍です。

あんな風に手懐《てなず》けられるなんて児童文学のドリトル先生のようで羨ましいですね。

まあ、無い物ねだりをしても仕方がありません。

私と斑さんはインターホンを鳴らします。

「ごめんくださいい、つららさんと一緒にいた者です。巳之吉さんに渡したいものがあって来ました」

『ご苦労かけました。今開けますけん』

すれ違ったおばあさんの声です。

早足でやってきたおばあさんは丁寧に招き入れてくれました。

案内された居間では、あの巳之吉さんがテーブルについて待っています。

敵を見るような厳めしい顔――ではありません。まるで先程までのつららさんのように憂いを抱えた表情です。

私たちがイエティの研究資料を渡し、つららさんはこれ以後、家に近づかない。

そんな望む結果が得られて満足という顔とは真逆ではありませんか。

おばあさんが茶菓子や煎茶を並べ終わった頃、私は目的のものを差し出します。

「ひとまず本題のこちらをお返しさせてもらいます」

「ああ、確かに。……君たちには迷惑をかけた」

私たちは厄介者の雪女の仲間――そんな扱いになるはずが、対応は至って穏やかです。

本当にこれはどうしたものでしょうね。

少なくとも私たちの言動で関係が悪化する空気はなさそうです。

巳之吉さんの思いを聞き出せるのは今くらいしかないでしょう。

私は意を決しました。

「失礼な質問だったらすみません。今までのお話を聞いていると、つららさんが家族に害を与えかねないあやかしだから関係を断ちたいというだけではなさそうに思えます。何か思うところがあるんですか？」

「いや。深い事情、事件なんてものはない。実際にあの場で話した通りだ」

態度の理由を尋ねると、巳之吉さんは首を横に振ります。

「彼女は家の守り神のようだった。若い頃はそんな彼女を理解しようと民俗学を専攻したんだ。そこにも陰ながら助けがあったのか、いくつもの論文の実績を残して今の地位まで昇らせてもらったよ。ただ、それでもあやかしというものはよくわからなかった」

「論文をたくさん書くくらいに研究していてもですか？」

「私が知っているのはあくまで民俗学的な考えの範囲なんだ。あやかしは業界内でもまことしやかに噂されているが、出会えた例《ためし》がない。君たちみたいな存在に今回会えたのが驚きだ」

風穴で私たちを見た時の表情はそういう意味だったようです。

巳之吉さんの言葉に、斑さんは「ありえる話です」と同意します。

「僕たちあやかしには神秘性が大切です。噂は好むところでも、正体を暴かれる科学的な分析は毛嫌いするでしょうね」

現代のあやかしの衰退はまさにそれが原因です。ある意味、民俗学者は科学者と同じく不倶戴天《ふぐたいてん》の敵なのかもしれません。

そんな見解に近いものは得ていたのか、巳之吉さんはこくりと頷きました。

「ああ。よくわからないことこそ君たちの本質だと思う。そして、まさにそれが問題だ。彼女は子々孫々のためなら老いた親を殺すかもしれないし、そうでないのかもしれない。そんな想像こそがあやかしに力を与えると聞いた。もし親が不審死でもしたら、私はきっと彼女を疑ってしまう。……感謝はしているのに、今だって自分が彼女にどんな感情を抱いているのかがよくわからない。だから不安なんだ」

俯いて吐露するところからして、疎ましいわけではないのでしょう。

巳之吉さんの苦悩は真っすぐ向き合おうとしたからこそ生まれたものです。

「研究に明け暮れて親孝行もろくにしていなかったが、どうなってもいいわけじゃない。あやかしの価値観で殺されては困るんだ。わがままと言われても仕方がない。この家系と縁を切らせるのは全て私が原因だ」

「理屈はわかります。でも、それならどうして直接伝えなかったんですか？」

「世の中には介護疲れという言葉もあるだろう？　仕事をやめて親の世話をする選択が、雪女というあやかしの習性を刺激しないとも限らない。あの場で下手に事情を伝えるのもマズいかもしれない。……本当に、わからないことだらけだったんだ」

化け物は理解できないからこそ恐ろしさが増すものです。

例えば目の前にお化けがいるとして、それが悪霊になるのも無害になるのも自分の想像次第。そんな状況で、人は無害だと信じ込むことができるでしょうか。

目の前の存在に、一切の恐怖も空想も持たずにいられるものでしょうか？

こういう不確かさこそ、人があやかしを遠ざけようとした答えでしょう。

祖母ですら、もしかしたらまた家族が傷つくかもと思って身を引いたのです。巳之吉さんの苦悩はよくわかりました。

しかし彼はわずかな希望を抱いたように私たちを見つめてきます。

「だが、あの場には君たち二人もいた。私には天啓にも等しかったよ。この話を伝えるかどうか、君たちに委ねさせて欲しい」

私たちの身の回りには多くのあやかしがいますし、彼の判断も納得できます。

私としても拒むものではありませんでした。

「みなさんはあくまで雪女に関わった子孫であって、当事者だった老人と子供ではありません。即座にお伽噺と同じ構図になるとは考えにくいですし、つららさんもこの話を聞けば気が楽になると思うので、事の経緯はお伝えしたいと思います」

斑さんを見ると、彼も同じ判断なのか頷いてくれます。

巳之吉さんとおばあさんは深々と頭を下げてきました。

「恩に着る」

「つらら様にはお世話になったのに、とても悪いことをしたねぇ……」

話はそれで終わりました。

本題であるイエティの治療もあるため、私たちは出された茶が冷めないうちに席を立ちます。

「お袋はいい。俺だけで見送る」

そう言って、玄関までの見送りには巳之吉さんのみがついてきます。

「では失礼します」

「最後に一つだけ、付け加えさせてほしい」

おばあさんの見送りを断った意味はここにあったのかもしれません。

靴を履いてドアを開けようとした時、巳之吉さんは声をかけてきました。

「私には、妻も子供もいない。親父とお袋を看取ったら後はどうとでもなる身だ。だからその時はそれなりのけじめを取ろう。彼女が縁切りを恨むなら、その時は好きに祟ってくれればいいと伝えてほしい」

「わかりました」

何とも悲しいことですが、親に対しての責任を取り、あやかしと誠実に向き合おうとした結果がこれなのでしょう。

そういう最悪の場合も想定した覚悟には、切ない気持ちを抱いてしまいます。

玄関の戸を閉じると、ため息のようなものが漏れました。

「人とあやかしがずっと上手くやり続けるのは難しいんですね……」

「そうだね。そしてそれは美船先生や、小夜ちゃん自身にだって言えることだ」

「相談できる人も助けてくれる人もいますから、私は恵まれています。センリだって私を守ってくれます。……ただ、だからこそ私はおばあちゃんや巳之吉さんに比べてあやかしに対する危機感が薄いのかもしれません」

ほら、こうして声に出せばセンリはすぐに顔を覗かせます。

足元に現れたセンリは肩に飛び乗り、押し付けるほどに体をこすりつけてきました。斑さんには見えていないでしょうが、会話に支障が出るので胸に抱きます。

「それは良くも悪くもあるね。僕たちは鏡だ。願いや恐怖がそのまま形に写る。恐怖心が薄いのはある意味、理想だとは思うよ」

「だからこそ、理想は高く。しかして堅実に、なんですね」

警戒をすれば猜疑心や恐怖も高まるのですから、言葉ほど簡単ではありません。

「いけませんね。ここで悩み続けても答えは出ないですし、ひとまずつららさんに事の次第を伝えて診療所に戻りましょう」

「あちらもあちらで急患がないとも限らないからね。小夜ちゃん、ひとまずお疲れ様」

「いいえ。まだこれからですよ」

帰りの道もあるし、午後からの診療手伝いもある——それだけではありません。

この一件はまだ引っかかるものを感じています。

歯切れの悪さといい、胸がもやついてしまうのですが、後に控えるものが多くあるので仕方ありません。

ひとまず違和感については置いておき、私たちは車に戻るのでした。

□

「――そうですか。ご両親の命がかかっていると思っちゃったら仕方ないことだと思います。むしろ、そこまで気にしてくれただけ嬉しいですよ。ありがとうございますぅ……」

巳之吉さんとの話を伝えると、つららさんは涙を流していました。

けれども胸を締め付けられるような苦しさはそこには見えません。悲しい一方で納得している雰囲気が見えます。

そんな彼女には、私にとってのセンリのようにイエティが寄り添っていました。涙を舐め上げ、悲しんでいる表情を崩すように顔をこすりつけています。

不思議なものです。

つららさんだけが特別扱いなんて、突然生まれ出たあやかしとはとても思えません。

やはりこのイエティには、何か秘密が隠されているのではないでしょうか？

そんな疑問を抱きながらも私たちは帰宅し、イエティの歩調に合わせてあやかし診療所に向かいます。

「おばあちゃん、ただ今帰りました」

「おや、案外早かったね。取り押さえるのに苦労するかと思っていたよ」

処置室に行ってみると、祖母は何やら豪奢な紙束——恐らくは手紙に目を通しているところでした。

あんなものを使うとすれば、どこぞの神様や仏様くらいです。神社仏閣への出張診療でも頼まれたのかもしれません。

それはともかく、裏口から処置室に入るつららさんとイエティを見て話を続けます。

「雷獣といい、言葉が通じないと辛いですからね。でもその点、今回はつららさんのおかげで穏やかに事が運びました」

「ほう。じゃあ診察でもしようかね」

「下痢のようだったので、検温のついでにうんちも取って糞便検査をしておきます」

「それから血液検査もしておこうかね。小夜、どの動物に近いか確かめておきな」

「はい！」

祖母に先導されて診察室に入り、具体的な検査が始まりました。

聴診、リンパ節の腫脹《しゅちょう》などを確かめる触診、目蓋の血色確認など、基本的に動物にとってストレスが少ない順におこなっていきます。

本来なら看護師が動かないように抱えておくところですが、こんな大型ではどうにもならないので斑さんの呪符によって拘束されていました。

私はといえば採取された血液を検査機器にかけ、機械が血液成分を測定してくれている間に、余剰の血液をスライドガラスに載せて染色します。

さらにこの待ち時間で糞便の顕微鏡検査と、三つの作業を並行しました。

「やっぱり桿菌《かんきん》が多く見えますね。下痢の原因菌はこれですか」

糞なんて細菌まみれですが、通常見られる菌種や量はある程度決まっています。腸内バランスが崩れて下痢——世間で耳にする話と同じですね。必ずしも悪い病原体に感染したとは限らないのです。

血液の染色が終わったので続いて顕微鏡で確かめます。こちらでは血球の数を調べたりするわけですが、ここにもあやかし特有の違いが出ます。

「どんな様子だい？」

「問題なく見えました。血球の大きさ的に、外見通りネコ科に似ています」

「なら安心して薬を使えるね」

この確認が意外にも大事なのです。

あやかしとしての力が衰えるほど普通の動物に近づく一方、力が残っていれば生物学で説明がつかない体となり、薬が効きにくくなります。

それどころか、キメラ型のあやかしなら多種の動物の特徴を少しずつ持つために薬の効果や副作用が複雑化することもあります。

幸い、このイエティはネコ科の動物とほぼ同じ状態でシンプルでした。

席を譲って祖母にも確認してもらうと、治療方針が定まってきます。

「アモキシシリンは草食動物には非推奨だし、大事を取ってタイロシンかね。あっちは確か牛や豚にも使えたはずだ」

「はい。私もそういう処方がいいと思います」

ネコ科の特徴が強いとはいえ、時には反芻類《はんすうるい》のカモシカが正体でもあるイエティです。中途半端に影響が出るかもわからないので、配慮はすべきでしょう。

こうして細菌性下痢の処方は決まり、対症療法が始まります。

イエティは斑さんの手によって入院室に連れていかれ、脱水の対処として点滴の準備が進んでいきました。

手綱係だったつららさんはこちらに歩いてきます。

「美船先生、お世話になりますぅ」

「あんたが飼っているわけでもないだろう？　これも神様に任された仕事の内だよ」

「それでもですよー。あの子はどうも目が離せなくって」

「そんなに由縁でもある相手だったのかい？」

事件の発端しか知らない祖母は首を傾げます。

他に患者さんがいないということもあり、私たちはつららさんが不思議と懐かれたことも含めて今までの経緯を祖母に伝えました。

「――なるほど。まあ、あやかしの世界に確実なんてものはない。今までそういう例を聞いてきたけどね、その巳之吉って男はよく考えた方だと思うよ」

いつも明るいつららさんの表情が陰っていることを気にしたのでしょう。祖母は自分の経験と照らし合わせて慰めの言葉をかけました。

その言葉はつららさんとしても実感があるのか、切なそうな表情を浮かべます。

「人との付き合いがこの代で最後になったとしても、よくしてもらえたと思いますぅ」

「さて。話がすぐに変わって申し訳ないけどね、イエティはひとまず薬が合うかどうかも含めて一週間預かろう。まほろばのどこかに放すのか、そうじゃないのかも後日話をするから、つららもどうするか考えておいておくれ」

「はいー、わかりました。美船先生、ありがとうございます。この件に付き合ってくれた小夜ちゃんと斑さんにも感謝ですねえ」

つららさんは深々と頭を下げてきます。

少なくとも私たちの行動で気分が楽にはなったのか、その表情には前向きなものも感じられました。

そうして今後の方針も伝えられたところで彼女は帰っていきます。

「小夜！」

「あっ、はい!?」

気もそぞろに見送っていたところ、祖母の声が耳を打ちます。

「す、すみません。ぼーっとしていました……」

「患者がいないから別にいいんだけどねえ。小夜は何が気になっているんだい？　いかにも歯切れが悪そうだよ」

私がずっと気がかりを覚えていたのはお見通しだったようです。

ここは素直に年の功を頼らせてもらおうと思います。

「今回の件、おばあちゃんが言うようにお互いを拒絶する別れよりはマシだと思います。でも、悪い感情がないなら関係修復の余地もあるんじゃないかって思えて……」

直系の子孫であるおじいさんと、懇意にしていたおばあさんともこれきり。

このままいけばつららさんは死に目にも会えないことでしょう。巳之吉さんが親孝行するためとはいえ、それが悲しく思えていました。

正直に吐露すると、祖母は息を吐きます。

「及第点ってとこかねえ。誰の怪我もなくイエティを連れ帰った。治療方針も固まった。そこまではいい。でも、まだまだ未熟だよ」

「ごめんなさい。出過ぎたことですよね……」

「家庭事情なんて診療所の業務外だからね。手出しするなとは言わないけれど、あんたにはまだ見えていないものが多い。まだまだ勉強が足りないし、人を頼ることを覚えな。あと斑！　いつまで点滴設置に時間をかけているんだい？　こっちに来な！」

「すみません。イエティがどうしても動くので皮下点滴にするか迷っていました！」

つららさんがいなくなったこともあるのか、そわそわしているようです。

檻の中で動くので点滴の管が捻じれて輸液が止まり、機械が警告音を上げる――よくあることです。

斑さんはそれで手間取っていたようですね。

祖母は私たち二人の前で腕を組みます。

「斑。ここはね、あんたが気付いて助言をしなきゃいけないところだよ？　まあ、あんたはたった二十八歳。子供の頃はうちにいて、まほろばに来てからも医療の勉強にかかりっきりだったし、あやかしについては人間並みの知識になるのもわかるけどね。あんたに比べれば私の方がよっぽど妖怪ばばあだよ」

「……あ。おばあちゃんもやっぱりそれは思うんですね」

視線だけでつららさんを怖がらせる面もあるし、よほど迫力がある妖怪です。そんな思いが口から洩れると、私も視線で射殺《いころ》されそうになりました。

祖母は改めてやれやれと大きな息を吐きます。

「話がかみ合いそうで上手くいかない。そこが歯痒かったろう？　二人とも、最初から順に考えな。都合よく解釈して感動させる物語として仕立てるんだよ。特に今回は、当人たちをそれで納得させられたら済むんだからね」

「えっ。でも、感動ありきで組み合わせて、ありもしない捉え違いをしたら……」

「捉え違いも悪いことじゃない。嘘と演出もこの業界じゃ方便だよ」

今回の話は、つららさんが巳之吉さんの両親に悪影響を与えるかもという邪推が円満解決を妨げています。

祖母の言葉は確かにそれと対になりそうなものですが、あまり納得がいきません。

戸惑いを表情に出していると、祖母は続けます。

「例えば重病で入院中の動物が、飼い主との対面から数分後に息を引き取った時だよ。『ご主人の声で安心したんですね。症状からすると信じられない頑張りでした』と説明するかもしれない。本当は心停止を防ぐ薬とかでどうにかもたせていたとしてもね。でもそれはね、飼い主が死を受け入れられるようにするためだ。死に目に会えなかったと、ずっと後悔させるよりはいい。必要ないとは思わないだろう?」

ペットが自分を待っていてくれたんだと、感動と共によく語られる話です。

祖母の問いに、私と斑さんは揃って頷きます。

「坊さんや葬儀屋だって同じだよ。物事はね、辛いことでも捉え方次第で前に進む原動力にだって変えられる。悪い想像だけでなく、願いだって形になるあやかし業界ではなおさら重要なことなんだよ」

「前に進む原動力、ですか」

「巳之吉とやらが取った手段は現実的だ。悪くない。でもね、本心から相手を信頼できたら別の結末もあるとわかりきっているだろう? 筋道を綺麗に並べて、それらしく語れば丸く収められるかもしれないじゃないか。私たち専門職の言葉にはそうできるだけの説得力がある。その大切なピースに気付けていない点で、あんたたちは未熟だよ」

祖母はそう言ってイエティのいる入院室を指差します。

「あのイエティは偶然の産物かい? つららが来るまであと一週間。いや、前日までにはまとめるべきかね。そこんところをよーく考えな」

祖母はそう言って私たちの肩を叩くと、また警告音を鳴らしている輸液ポンプの調節に向かうのでした。

□

あれから数日、二つのことが起こりました。

一つは巳之吉さんです。

研究資料の発見を大学に報告したそうですが、責を取るという形で早期退職を申し出たニュースが流れていました。

けれどもその表情に後悔は見えません。

はっきりと割り切り、将来を見据えられていることが画面越しでも伝わってきます。

二つ目は、イエティの快復です。

このまほろばでは姿婆と違ってあやかしの体力が削られることはありません。

母子共に食欲があり、入院用のケージが狭いと大きな鉤爪で引っ掻いて主張するほど元気になりました。

なので斑さんの監視の下、日に数度は庭でストレス発散をしてもらっています。

「イエティちゃん。患者さんも途切れましたし、お外に出ましょうか」

入院室に入ってみると、母獣は目を大きく開いてこちらを見つめてきます。

温帯の動物とは違って明らかに太く毛並み豊かなその尻尾を口に咥え、じぃーっと睨んでくるのです。不安、警戒の表情とはわかっているのですが、私としては愛くるしすぎて胸が苦しくなります。大丈夫、私は怖くありませんよ。

それをわかってくれるのでしょうか。

子供は尻尾を咥えるのをすぐにやめ、にゃあにゃあと鳴きながら格子扉に張り付きます。

「小夜ちゃん。正面にいると対応ができないから、ちょっと避けてくれるかい？」

「ごめんなさい。でも、もうちょっとだけ……痛っ」

涎《よだれ》を垂らしかけて見つめていたところ、指に引っかき傷ができました。

そろそろ我慢ならないというセンリの主張です。

このところ、私の生傷はかなり増えてしまいました。あまりに堪えがないと斑さんからもドクターストップがかかるので控えておきます。

イエティはあやかしなだけあって動物以上に利口です。この数日でもうこれはお散歩と理解してくれているので、警戒しながらもついてきてくれました。

庭に出ると、いくらかのあやかしが見えます。

まずは化け狸の刑部。この診療所に居つき、看板犬じみた存在になっているこの子は縁側で寝ていました。

次に先日保護した雷獣です。この子も居ついており、イエティの子供の遊び相手になってくれています。

檻という限られたスペースで子供の相手をし続けていた母獣はようやく世話から解放されたので、横たわってくつろぎました。

私と斑さんは縁側に座って彼らを眺めます。

普段は何気ない談笑をしたり、診療所のことを訊いたりするのですが、直近で重要なのは先日の祖母の言葉です。

私はそれを話題にします。

「斑さん。あのイエティが偶然の存在かって話、考えましたか？」

「もちろん。まずつららさんが手を回したことで海外から研究資料を拝借できて、それをDNA解析したらユキヒョウと判明した。けれど先日、その研究資料紛失が騒ぎになった。これがイエティを生み、『開かずの風穴』に発展。そして、このイエティは何故かつららさんにだけ懐いている。発端からしてつららさんが関わっているから偶然に懐かれたとは言いにくいね」

「そうですよね。そこは明らかです」

ではそれ以外に何に気付けばいいのでしょう？

そんなところで行き詰まっているわけです。

日々の忙しさにかまけて先送りにしていると、祖母に失望されかねません。つららさんを助ける意味も含め、これは重要です。

頭を悩ませていたところ、イエティの子供が寄ってきました。どうやら雷獣とのじゃれ合いに飽きたようですね。

つまりこれは合法的にもふもふできるチャンス到来。

思考を中断し、私は腕を広げて待ち構えました。

「はぁーい、私の胸においでー」

「シャァッ!!」

その時、威嚇の声が真横から飛んできました。

見れば母獣が歯を剥いています。地面に横たわったままなので激怒というほどもないですが、この威嚇は場の雰囲気を一変するには十分すぎました。

子供はしゅんとして引き下がり、私もそれにつられて縁側に戻ります。

このように、私は子供に触ることすら許してもらえません。イエティはやっぱりつららさんだけ特別扱いです。

「この子、どうしてつららさんにだけ態度が違うんでしょうか?」

「同じ雪山のあやかしで、同族っぽさがあるとも思えるね。それ以上の理由となると、どうだろう。ちょっと思いつかないな」

「そうですね。それこそ憶測だらけになってしまいそうです」

例えば美人好き。雰囲気が柔らかい人が好み。

そんなところもあるかもしれませんが、確証はありません。

「おばあちゃんがああも意味ありげに語ったんです。もっとこう、それらしく説明できるものがありそうですよね」

　何か閃きに繋がらないかと口にしてみますが、思いつきません。

　時刻は十六時。

　そろそろ休憩時間も終わって夕方から夜の診療が始まります。

「駄目だね。どうにも行き詰まってしまうし、ここまでにしよう。診療所が終わってからまた話そうか」

「それなら場所は斑さんのお部屋ですね。ミケさんから山鳥を頂いたんです。それをおつまみに、日本酒を交えてお話ししましょう！」

「小夜ちゃん。発想の転換が必要と言っても、もう少し節度は考えないと駄目だよ。まほろばの夜は特に危ない。飲酒をさせて帰すなんて不安だ」

「ではでは、仕方ないのでお泊りするしか――」

　斑さんはあれこれと世話を焼いてくれますし、つい甘えたくなってしまいます。

　そんな気持ちで呟いていた時のこと。私はハッと口を押さえました。

「そう、ですね。他人の匂いがする場所に上がり込むのは抵抗があるものですよね」

「いや、清潔にはしているつもりだよ。ただし、小夜ちゃんを預かっている身の上としてはまだ……ん、どうかしたのかい？」

　先程までの歓談から一転。真剣に考えている様に気付いたようです。

私はたった今気付いた疑問を口にします。

「ならば何故、イエティは巳之吉さんの家の風穴に潜り込んだのでしょうか？　富士山周辺は風穴が無数にあります。鳴沢氷穴のようにもっと涼しい場所も、人が来ない場所もあります。あやかし同士は気配を感じられるのに、つららさんの縄張りじみた風穴なんてわざわざ選ぶでしょうか？」

「なるほど。衰弱しかけて背に腹は変えられずにあの風穴を選んだくらいだったら、つららさんにも牙を剥きそうだしね」

「それですよ。つららさんは私に依頼してきた時、『人懐こい子』と言っていました。子連れや手負いの獣は過敏なはずなのにです」

あやかしを生む噂は一過性のものが多いです。

それこそＲＰＧの開始と共に毒でＨＰが削られていくような状態と言えるでしょうか。知性を持っているなら動揺と焦燥を味わいながらも助けを求めるし、動物的なら手負いの獣じみてきます。

噂になるあやかしといえばやんちゃな存在か、こういうタイプになるので接触には用心が必要――だからこそ、祖母の行方を探るためにあやかしの噂を追った行為はこっぴどく怒られたものでした。

私たちはこの子たちのことを『ユキヒョウのようなイエティ』とだけ思ってきました。けれども、考えが足りていなかったかもしれません。

祖母はこの件を引き受ける時、忠告してくれました。

あやかしは『一部の人間が強く信じれば予想外の要素や能力が混じることがある』と。

では、誰のどんな気持ちが混じれば、つららさんだけが特別扱いになるのでしょう？

「この子は遭遇時からつららさんを特別扱いしています。これはひょっとして……」

その答えを口にしようとした時、てくてくと刑部が歩いてきました。

彼は私の膝の上にちょこんとお座りします。

「あらら？　どうしたんですか、刑部ちゃん。もしかして抱っこしてほし――ぐえっ」

抱き上げて頬擦りしようとしたところ、刑部は不愛想にも手をつっかえ棒にして拒否してきました。

相変わらずですね。私を拒んだ刑部は診療所に逃げていきました。

ユキヒョウに負けないくらいふわふわで豊かな毛並みの尾を振って歩くその姿はとても愛らしいです。逃した魚は大きいという言葉を実感します。

「……中断されたけど、それらしい答えは見つかったね」

「そうですね。いろいろと残念ですけど、閃きました」

刑部の毛皮も楽しめなかったし、斑さんの部屋に転がり込む口実も失いました。

けれどもそちらについてはまた機会があるでしょう。今はこの話をどうまとめるかの方が大切です。

そんなことを考えていると刑部を抱きかかえた祖母が歩いてきました。

もしかすると、刑部は祖母の言いつけで私たちの監視でもしていたのでしょうか。

「答えは出たようだね」

歴戦の演出家はそう言って静かに微笑むのでした。

□

後日、私と斑さんはつららさんを呼び寄せ、また車を走らせました。

倒した後部座席にはイエティも乗っており、さながら先日の再現です。

けれどもあまり事情を伝えずにつれてきた影響なのか、彼女はやたらとびくびくしていました。

しかも何故か道路の案内標識を見るほどにその顔色は悪くなっていきます。

はて。何か怖がる要素でもあるのでしょうか。

「あのう、小夜ちゃん。どうして富士の方向に？　さっきから魔祓い師御用達の式神がちらほらと空を飛び交っていますし、まさか私とイエティさんを売るなんてことは……!?」

「いえいえ、そんな闇に葬るみたいなお話じゃないですよ」

富士の樹海が曰く付きの場所とはいえ、それは全くの見当違いです。

祖母にいくら迫力があると言っても私はただの大学生。

この世界に入門して一ヶ月の新人ですし、魔祓い師なんて巳之吉さんにとってのあやかしと同じく、話に聞くだけの存在です。

「誤解なきように言っておくと、向かっている先は巳之吉さんのところの風穴です」

「えっ。でも実家には近づくなと……。不安を抱かせることになりませんか？」

「イエティの治療をしている間に気付いたことがあるんです。その不安を払拭するかもしれないことを伝えるだけですし、そんなに心配しなくてもいいですよ」

感動は落差が命です。ドッキリと同じく、それらしい気配を感じさせてしまえば余裕ができて本音の顔が見えなくなります。

場合によっては感動で涙を流す姿が決め手になることもあるかもしれません。意地悪くなってしまいますが、つららさんと巳之吉さんには概要を伝えられないのです。

困った顔をしていると、斑さんは苦笑をこちらに向けてくれました。

「美船先生にも相談しての判断だよ。思いつきというわけではないから安心して欲しい」

「は、はいー。お二人のことですし、その言葉を信じます」

では、その信頼に応えないわけにはまいりません。

入念に脳内でリハーサルをしていますが、それでも本番を前にすると緊張します。

そうこうしているうちに車は風穴前に着きました。

以前と同じく先客の車が路傍に停まっており、巳之吉さんが運転席から出てきます。

私たちもそこに車を停め、後部座席を振り返りました。

「つららさんは一応ここにいてください。まずは私と斑さんでお話ししてきます」

「わ、わかりましたぁ」

この予定を伝えるついでにイエティの様子を確認してみます。

やはり予想通り、つららさんを構うことも忘れて前方を凝視していました。

これを見た私と斑さんは頷き合って車外に出ます。

「すみません、お待たせしてしまいました」

「いや、構わない。ただ、一体何の用なんだ。あの車内には彼女もいるな？　悪いが、下手な仲裁なんて控えてもらいたい」

「いいえ。私が一目会わせておきたいと思ったのは、ここを『開かずの風穴』にしていたあやかしの方です」

「なに……？」

巳之吉さんは結局、あの子の姿を見ずに終わっていました。だからこそ会わせてみる価値はあります。

私が車に視線を投げると、斑さんがイエティを慎重に誘導してくるところでした。

僅かに覗いたつららさんは慌てて隠れ、それを目にした巳之吉さんもやりにくそうに顔をしかめます。

「ただのユキヒョウ――ではないな」

「はい。巳之吉さんの研究の話が日本中に広まって生まれたイエティです」

「それがどうしたと言うんだ。こんなあやかしを生んだ責任を取る必要があるという話だろうか？」

「そうじゃありません。この子は巳之吉さんがつららさんにどういう気持ちを抱いているのか知る術になると思って連れてきました」

「感情は数値化できない。自分ですらわからないものがイエティにわかるのか？」

「正確にはイエティだからではなく、この子だからわかるんです」

イエティはつららさんには懐き、私や斑さんとは野生動物のように距離を取ろうとしていました。

普通に考えれば、巳之吉さんにも私と同じく適度な距離感を保つでしょう。

「ぐるるるぅっ……！」

ですが実際は違いました。

イエティは初対面のはずの巳之吉さんを見て牙を剥き、低重音で唸ります。

不思議なことに、つららさんにも巳之吉さんにも初見で特別な反応を見せるのです。

そこに全ての答えがあります。

「この子は確かにイエティに関する人の想像が生んだあやかしです。でも、時としてあやかしは特定の人の想いに強く影響されます。だって単に聞きかじった人の空想より、直接向けられる感情の方がよっぽど強いですから」

よく言うように、好きの反対は無関心なのです。

単なる関心より愛や憎しみの方がとても強い感情なのは、人としても理解しやすい話でしょう。

「ずっとあやかしを理解しようと研究に明け暮れていたそうですね。今までを振り返ってください。あなたはどんな気持ちで研究に臨んでいたんですか？」

十年、二十年と実家に帰ることも疎かにするほど熱心に研究する。

それは最早、信仰と言ってもいいほどの気持ちです。これだけの感情が、あやかしにとって特別でないはずがありません。

「……そういう影響は受けると聞いている。ただ、このイエティが私の影響を受けているという確証なんてどこにもないだろう？」

「いいえ、あります。もっと居心地がいい風穴もあるのに、この子はどうしてここを選んだんでしょうか？　ここはつららさんが維持管理に力を貸しており、言わば持ち主が明らかな巣穴同然です。野生動物なら警戒して近づかない条件じゃないですか」

「雪山が背景にあるあやかし同士だ。親近感を覚えたっておかしくない」

「そうですね。その疑問は残ります。イエティが特別扱いしたのはつららさんだからなのか、同族のよしみなのかはわかりません。でもですね、その辺りはこのイエティちゃんが私と巳之吉さんにどういう態度で接するかでわかると思いませんか？」

私は巳之吉さんの傍に歩いていきます。

イエティがどちらに視線を向けるかわかりやすいように左右に分かれてみても、巳之吉さんよりイエティに近づいてみても、視線はずっと彼に集中したままでした。

もう、敢えて説明する必要もないでしょう。

巳之吉さんはずっとあやかしの研究を続けており、知識が豊富な人です。私がどういう結論を導き出したいのかは、なんとなく察しているのかもしれません。

彼は根負けしたように、その答えを口にします。

「……つまり、このあやかしの振る舞いは私の影響だと？」

「少なくとも大きく影響は受けていると思います」

答えてみると、どうでしょう。自分を律するように厳しく刻まれていた巳之吉さんの眉間の皺は次第に解れていきます。

「なるほど。よくわかる。親父やお袋と同じように、彼女と何の気兼ねもなく接することができたらいいとも考えた。けれど、思っていても不安が邪魔してそれをできない私自身が嫌だった。もし私の半身がいるなら、こうした態度を取るだろう。……しかし、それを見せて君たちはどうしたい？」

「特に何もありません。ただ、知ってもらいたかったんです。巳之吉さんは自分の気持ちを疑っていましたけど、恥じる必要はないものだったと思います」

「だが、それでも将来の不安で私は彼女を拒絶した。褒められるべきでもない」

「その将来について、私からも一ついいですか？」

「なに？」

「私たちはあやかし診療所の者です。動物病院然り、退院後にどうなるかはお伝えするものなので、イエティの将来についてもお話しします」

こんなことを言われるとは思っていなかったのでしょうか。巳之吉さんは意表を突かれた様子で私を見つめてきます。

「仮に巳之吉さんとの縁がここで途切れても、イエティはきっとつららさんを見守り続けてくれます。あやかしの寿命は果てしなく長いもの。あなたはつららさんから家族を奪ったと考えているかもしれませんが、これからもずっと彼女を慕ってくれる存在を産み出してもいるんですよ。だから悲観するばかりでなくていいと思います」

「……っ」

死を感動的に伝えるように、これはイエティの将来を綺麗な物語にして伝えただけです。事実は事実。何も変わりません。

けれど捉え方くらいは変わるでしょう。

イエティは今の巳之吉さんを見ると興味を失ったように踵を返し、車内に飛び入りました。その勢いがありすぎて「ひゃあっ!?」とつららさんの声が上がります。

何の気兼ねもなければ、彼の半身はあれだけ素直に彼女といられるのです。

それがつまり巳之吉さんの本心ではないでしょうか?

「以上になります。巳之吉さん、お手間をかけました」

「……いや、ありがとう。こうして伝えてもらって、気が楽になった」

深々とお辞儀をした巳之吉さんの表情は少しだけ晴れやかになっていました。

「今はまだ、まともに顔を合わせる自信はない。けれど、仕事をやめて時間はできた。少しずつ変わっていこうと思う」

「はい。ご健勝、お祈りしています」

私は彼に笑顔で言い、この場を後にしました。

車に戻ってみるとつららさんはイエティに押し倒された格好のまま、顔を押さえています。涙を隠しているんですね。

「小夜ちゃん、斑さん、ありがとうございますぅ……！」

「大したことじゃないですよ。どうなるにせよ、この子はイエティとしては特殊だから健康に生きるには飼ってくれる人がいた方がいいです。診療所としてはそこが重要じゃないですか。だから冷蔵庫の検査ついでに連れてきてくださいね」

もとよりつららさんが保護するという形で話は進んでいましたが、我が家も商売です。

これくらいは絡めたってバチは当たりません。

ハンドルを握って出発すると、「程々にね」と斑さんが息を吐いたのでした。

□

あれから二週間ほど経過しました。

イエティは母子共々つららさんが保護し、どうしても連れ歩けない外回りの仕事では診療所に預けるということで平穏無事な時が戻っています。

私からすると、雷獣とイエティの両方と戯れる機会が増えたので役得です。

嫉妬したセンリによって生傷は増えていますが、まだまだ許容範囲内。普通の動物を相手にする兄の手の方が傷だらけです。

気がかりといえば、この件に関わってきた『鉄鎖の化け物』のことでしょう。

あちらは結局、巳之吉さんの研究資料紛失騒ぎが収まるとそのまま雲隠れしました。

私が診療所で働けるよう、芋づる式に解決してしまえたらよかったのに、残念です。

――まあ、それも本日は忘れましょう。

今日は何と言っても、他人がご飯を振る舞ってくれる日です。

「はぁい、皆さん。お待たせしましたぁ」

あやかし診療所の業務が終わったこの時間、休憩室に料理が運ばれてきます。

料理人は甘い声の通り、つららさんです。

患者さんの快復を機に菓子折りやお裾分けを頂く程度は割とあるのですが、それよりもう一歩踏み込んだお礼がしたいと言われ、こんなことを頼んでしまいました。

並ぶ料理は焼き魚や芋の煮物など、素朴な郷土料理を思わせるラインナップです。

「うふふふ。やっぱり誰かが作ってくれる料理はいいですね」

こういう料理にはやはりビールよりも日本酒がよく合います。じんわりと体が温まり、いい気分になってついつい笑みがこぼれてしまいました。

そーれ、飲み干したのでお猪口におかわりを注ぎます。

すると隣に座っていた斑さんがさりげなく徳利に手を伸ばし、私から遠ざけました。

先日もたしなめられましたが、まほろばでのお酒は控えめにという警告です。

「小夜ちゃんはこういうこと、本当に好きだよね」

呆れたように口にする斑さんに私は人差し指を立てて主張します。

「はい。だって料理は疲れますし、味見で微妙に空腹感も紛れてしまいます。作る立場になれば良さがわかるというものですよ」

まあ、祖母が傍にいる手前、口にしない本音もありました。

小さい頃から家で一人ということが多かったものですから、こうして誰かが自分のために何かをしてくれることそのものが特別なのです。

それを眺めていられるというだけで妙に楽しい気分になります。

斑さんに祖母、玉兎くんがいて、テーブルの近くにはイエティと刑部が寝転がっていて。何とも穏やかな団欒ではないですか。

欲しかったけれどもこれまで手に入ることがなかった姿です。

そんなことに満足してちびちび飲んでいると、料理を終えたつららさんが席に着きました。

「つららさん、豪勢なお食事ありがとうございます。そちらもようやく生活が落ち着いてきた頃合いですか？」

彼女はまほろばの冷蔵庫管理で歩く際、イエティを伴っています。

それ故の苦労にも慣れ、ようやく腰を落ち着けられてきたのかもしれません。

「えっ!? ああ、そのぉ。実はとてもいいことがありまして」

「はにかんでいる辺り、よっぽどいいことだったんですね？」

「はい。巳之吉さんは地元の環境保全の仕事が決まりまして、おじいさんの介護も無理なくできるようになったんです。それにぃ……」

と、指を組んだつららさんは何やら熱っぽい様子でもじもじとしています。

これは何とも甘酸っぱい反応ですね。

何があったのかはうっすらと想像できます。

巳之吉さんが数十年とつららさんを意識して民俗学を研究していたのなら、それをこっそりと手助けしてきたつららさんも同じだけ相手を気にしてきたことになります。

そんな二人に向き合う機会ができ、環境が変われば距離感も変わるでしょう。

そこから恋愛に行きついたなら、流石は恋多きあやかしというほかありません。

「まあ、いろいろとありましてー。あと、この子の名前も決まったんですぅ！」

「いつまでもイエティちゃんじゃ呼びにくいですもんね。子供もいますし」

「そうなんです。だからお母さんは吹雪《ふぶき》、子供は男の子なので諭吉《ゆきち》ちゃんということになりましたぁ」

「ほほう。珍しいお名前を選びましたね」

名前とは特別なものです。動物病院業界だとさらに拍車がかかり、多種多様な名前と出会う機会があります。

響きや字面で選ぶほか、身体的特徴をノワールなどと外国語にしていたり、神話にちなんだものをつけたりという具合です。

その経験からすると吹雪という名前は実に率直ですが、諭吉は突拍子もありません。

はてさて、一体何が由来でしょうか。

イエティ。雪男。雪女。小泉八雲に、その物語に出てくる茂作と巳之吉。あのご家庭自体、雪女にちなんだ名前に縁があります。

これも一種の謎解きですね。

(あ、なるほど。もしや『ゆき』と『みのきち』の音を繋いで……?)

実にそれらしい答えに行きついた私はつららさんに視線を戻します。

もしかすると単なる関係修復どころか、もっと深い縁になっているのかもしれないのでした。

第二章　富士の不死と神様のご依頼

あやかしといえば正体がわからない妖しいものたち。

そんな彼らが好むのは、正体がおぼろげになりやすい黄昏時《たそがれどき》から明け方です。

つまり一般的なあやかしは寝坊助《ねぼすけ》さんなわけで、早朝のまほろばは印象がかなり変わってきます。

この時間に見られるのは基本的に神様と精霊に妖精、そして野生動物。

私が家からまほろばの稲原に降り立つと、周囲には木霊が現れました。

「おやおや。お出迎えをしてくれるんですか？」

しゅるしゅると蔓が絡み、枝葉と苔が生い茂って形を成していきます。

その姿は様々。

虫や小人のような姿もあれば、鹿ほどの動物じみた姿もありました。

彼らは植物そのものの写し身で、精霊の一種なんだとか。

私の後を追ってくるものだから、さながら森の動物と戯れる白雪姫《しらゆきひめ》の気分です。

彼らは無邪気にひたひたとついてきて、ある程度の距離になると急に足を止めます。植物の化身だからこそ、一定範囲しか動けないらしいですね。

そんな同伴者と歩きながら診療所に着きました。

人気《ひとけ》がないのをいいことに散歩していたキジは、私の姿を見るや藪に飛び込みます。刑部や雷獣もどこかにいるはずですが、きっと温かくなるまでは出てこないでしょう。

さあ、朝の仕事を手早く済ませなければ。

私は裏口から入って着替え、髪の毛を結いながら処置室に入ります。

朝の動物病院でおこなうのは入院患者のご飯準備や投薬のほか、点滴の補充や血液検査、レントゲン検査などなど。

入院があれば世話と処置はつきものです。

夜間に急患があった可能性もあるので、私はひとまずカルテを確認しました。

カルテ収納箱には新着が二件。やはり来院があったようです。

「かまいたちの裂傷と、夜雀《よすずめ》の脳震盪《のうしんとう》ですか。ふーむ、妙な話ですね。二件とも、まるで意趣返しのようです」

人間を転ばせ、切り裂き、癒す三位一体の妖怪に、人を夜盲症にさせる妖怪です。

甲府の中心地を外れれば散歩中の犬がイノシシに出会うこともちらほらありますし、鳥がガラスに激突する例も耳にします。

そういう意味では、かまいたちや夜雀が同じ目にあう可能性もなくはありません。

しかし、一般的な動物より身体能力も知能も勝るあやかしがこうも立て続けに怪我をするものでしょうか。

「この文字は斑さんですね。でも、走り書きで記述が中途半端です」

肝心の発端は書かれていませんでした。

流血しているかまいたちが運ばれてきたので、すぐに止血と縫合をする流れとなったのでしょう。処置優先なら書き忘れも無理はありません。

後で指摘するとして、ひとまず投薬の準備といきます。

ところで、これがまた特殊なお仕事です。

同じ犬でも品種によって体格が大きく違ったり、犬と猫で薬の適正量が違ったりするので、『成犬なら二錠』というような規格はほぼありません。

だから薬の準備は体重から必要量を計算し、錠剤をハサミで割って分量調節する作業となります。

「市場が小さいのは本当に悩ましいですね。特に小さな患者さんに処方する時、錠剤を八分割した時にはカルチャーショックでしたよ」

あまりに少ないと液剤に溶かし、『毎食後〇ミリリットルずつ飲ませてください』というケースもあります。

人の業界なら、小児科であるかどうかでしょうか。

そんな準備が終わった後は、処方の薬が自分の予期したものと同じか答え合わせをしたり、何故その薬を選択するのか理屈を考えたりします。

薬一つを取っても値段、副作用との兼ね合い、組み合わせ、内臓の健康度と分解能力などが深く関わってくるので生半可な知識では務まりません。

これこそ薬剤師としての本分なわけです。

この症状ならこれと、ある程度お決まりの処方になるとはいえ、今は本を開いて勉強あるのみでした。

「こういう時間に活動するとウサギとカメの気分に浸れますね」

もしもしカメよと、童謡を口ずさんでいると階段から足音が聞こえてきました。

下りてきたのは斑さんです。

祖母と斑さん、玉兎くんは診療所の二階に住んでいます。

こうして下りてきたのは偶然なんてわけではなく、この時間から入院患者の世話をする約束をしていたからでした。

「おはよう、小夜ちゃん。童謡なんてまた懐かしいものを歌っているね」

「おはようございます。斑さんが休んでいる間にいろいろと勉強して驚かせようと思ったら何となく思い出しまして」

「小夜ちゃんがウサギなら一切手を抜かずに走り切ってしまいそうだよ」

「相手を侮ってはいけないとおばあちゃんにきつく言われていますからね。私はわき目も振らずひた走るウサギちゃんです」

私は背中に伸びる髪をウサ耳に見立てて持ち上げます。その意図を察してくれたのか、彼は笑顔で反応してくれました。

そうそう、髪といえば目の前の斑さんは珍しくぼさっと寝癖が目立っていますし、スクラブを着たままです。

カルテの記述忘れもありましたし、着替える手間も惜しんで休んだのでしょう。日頃から綺麗な身なりで、汗で額を光らせることもない彼としては珍しいことです。

「このカルテの処置はそんなに大変だったんですか?」

「いや、断続的に来たからまた続くかもしれないと思って着替えなかったんだ。おかげで体が重いよ」

「お兄ちゃんも夜間対応が多い時は死んだ顔になっていました」

夜間救急は連絡もしないで来るのをやめる人がいたり、トラブル発生率が高かったり。そんな積み重ねでノイローゼになる人もいるそうです。

助けている実感があるとはいえ、楽しさばかりの業界ではありません。

「これから座学だっていうのに寝ないでいられるか不安だな」

斑さんが言う座学は獣医療に関する講習会です。

このあやかし診療所は祖母の知識で成り立っています。しかしながらそれを学び取るだけで最善を尽くせるかといえば、答えは否。

新しい手術法だとか、医療機器で精査する時のコツだとか——そういった知識は常に更新が必要なので、斑さんは兄と共に積極的に勉強しようとしているのです。

「どうしましょう。それなら手が必要な処置だけ先にして、ぎりぎりまで寝ますか？」

「いや、空きっ腹にコーヒーでどうにか誤魔化しておくよ」

「折角の講習会なので出来る限りいいコンディションで臨んでくださいね」

「善処するよ。小夜ちゃんもわざわざ足を買って出てくれてありがとう」

「いえいえ。近場ですし、私も情報収集が必要だったので」

単なるお手伝いというわけでもありません。

私はイエティの時以来、消息が掴めていない『鉄鎖の化け物』と『富士の不死』を調べる必要もあったので、運転を請け負ったのでした。

「千差万別のあやかし相手です。医者や獣医としての知識だけでは対処しきれないですし、これからの体系づくりが重要ですよね」

「そうだね。そしてそれはきっと僕の仕事だよ」

「斑さん、こうして頑張っている姿だって見せている私にそれは寂しい物言いです。一生懸命に走るウサギが一緒にいれば百人力とは思いませんか？」

「それは悪かったね。うん、手伝ってくれると心強いよ」

安否を気遣って腫れ物みたく扱われるばかりではありません。診療所のことにおいて認めてくれる点はとても面映ゆいものです。

希望した通りの反応が返ってきた手前、少し気恥ずかしくなっていたところ、斑さんは不意に顎を揉みました。

「どうかしましたか？」

「頼もしいのもいいけれど、小夜ちゃんの心に留めておいてほしいことを思い出したんだ。ウサギとカメの話は慢心の禁物とか努力の重要性を説く話だったけれど、少し違った流れもあるんだよ」

「どんなお話ですか？」

「競走するのは同じ。だけど、カメは走るんじゃなくて自分にそっくりな家族をコースに配置して、自分はゴールに潜んでいたんだよ。慢心も関係なく、そういう勝負に乗っただけで負けることもある。あやかしの業界ならより一層注意をしないとね」

「なるほど。アメリカの民話ですね。日本人にとっての小泉八雲みたいなものです」

「残念。小夜ちゃんはこれも勉強していたか」

　彼はしてやられた様子で眉間を押さえます。

　それはリーマスじいやの物語という、アメリカの民話集にある話です。つい先日、つららさんの一件があった私としては思いつきやすい話でした。

　気を利かしてくれていた斑さんは少しばかりしょげた表情です。

「そんな顔をしないでください。どうであれ、斑さんが助けてくれるのは頼もしいですよ。そもそも、ああいう物語はイジワルなんです。ウサギの怠慢やカメのズルを咎めてくれる人がいたら結果はウサギの順当勝利じゃないですか」

「そっか。少しでも力になれているようで何よりだよ」

苦笑気味の斑さんと共に私は入院室に向かいました。

診療所の入院室は動物病院のそれとは少し違います。

知性のある患者さんが多いのでケージの入院室は小規模で、メインはベッドの入院室となっているのです。

まずは目の前にあるかまいたちのベッドから。

見た目は微笑ましいものですね。かまいたちは多頭飼いされているフェレットのように重なり合って寝ていました。

「調子はどうですか？」

斑さんが声をかけると、かまいたちは体を少し起こしてから再び仲間の体に身を沈めました。意識ははっきりしているけれど、未だにだるいようです。

それもそのはず。

腰から太ももには十数針の縫い傷があり、包帯で保護しているのです。

大きな血管は少ない位置ですが、それだけ傷つけば熱が出てもおかしくありません。

「ひとまず化膿止めの薬を飲んでください。あまりにも痛むようだったら痛み止めの薬も用意しますけど、どうしますか？」

こうして言葉が通じる分、あやかしの相手は楽なものです。

お薬です、と斑さんが抗生物質の錠剤を口に突っ込むと、自分で飲み込んでくれました。

彼らが持つ治癒の薬でも使えればいいのですが、そこまで万能じゃないそうです。

そもそもかまいたちは、その正体をひびやあかぎれだと科学的に否定された代表例であり、そのせいで力が弱っていますし、ゲームなどで取り沙汰されるのは切り裂く力ばかり。彼ら三頭は切り裂く一頭だけが犬並みに大きく、転倒と治癒のかまいたちは普通のイタチ程度の大きさです。

一般人は主神と学問の神様くらいしか名を知らないのと同じ。こんな変化こそ、現代のあやかし事情でした。

私は処方済みであることをカルテに記入し、続いてお隣に移ります。

こちらにいるのは夜雀の袂《たもと》さんです。

袂さんの見た目はほぼ雀ですが、羽毛がカラスのような濡れ羽色をしています。それ以外の違いといえば、ハトより少し小さい体躯くらいでしょうか。

そしてこちらにもかまいたちと同じように付き添いがいます。それは灰色の毛皮を持つ送り犬のハチさんでした。

袂というのはハチさんがいるからこその名前なのでしょう。

夜雀と同一視されるあやかしには、袂雀と送り雀がいます。

袂に潜り込んだ雀が鳴くとオオカミが現れたことから不吉の前触れとされたのが前者。逆にオオカミが出ると鳴いて警告してくれる良い存在とされたのが後者です。

ともあれ、いかにもな繋がりではありませんか。

「袂さん、調子はどうですか？」

斑さんが尋ねると、ハチさんと袂さんが揃って顔を上げました。

「袂、元気。痛くない、言ってる」
チ、チ、チと鳴く袂さんの通訳としてハチさんが答えます。
たどたどしいながらも、これだけ受け答えができれば不足はありません。

「それはよかった。頭を打った時は血管が切れているかどうかが重要です。直後だけじゃなく、ゆっくりと出血が続いて数時間後や数日後に症状が表れることもあるから、もう少しだけ様子を見ましょう」

「わかった」

「それと、ハチさんにも少しだけいいですか？」

また伏せようとしたハチさんに斑さんは声をかけます。

彼は患者ではないのでカルテはありません。けれど、斑さんが何を告げようとしているのかは私にも読めました。

送り犬のハチさんは目に明らかなくらいの痩身なのです。

「そのままだと倒れてしまいそうです。思い当たるところがあったら改善した方がいいと思いますよ」

動物病院で働く者として、歯石、耳垢、太り加減、歩き方と関節病などはついつい目で追ってしまう点です。

肋骨に少し脂肪がついているくらいがいい体型と言われていますが、ハチさんは肋骨が浮くくらいの痩身でした。体調にまで影響がありそうな点は流石に放っておけません。

しかし、妙なものです。

まほろばではそうそう衰弱しないあやかしがこうなる理由は限られてきます。

恐らくは娑婆に行き過ぎたのでしょう。あやかしとしての本分を満たさずに滞在しすぎるとこうなります。

「それもわかってる」

ハチさんは短く答えると、伏せてしまいました。

理解しているのならこれ以上は踏み込めません。彼にも何かしら事情があるのでしょう。

斑さんもそれ以上の追及はしませんでした。

「話が逸れてすみません。患者は両者とも経過良好のようです。袂さんはあと二日安静にして、何もなければ退院しましょう」

ハチさんの頷きを認めた後、私たちはこの入院室を離れ、ケージの入院室での世話を始めました。

こちらには先日の雷獣やクーシー、イエティなどのように、意思疎通があまりできないあやかしが入院します。

患者が動かないように私が保定している間に採血をしてもらったり、ケージに敷いているペットシーツの交換や餌やりをしたり——。

基本的作業なので、もっぱら雑談しながらになります。

「斑さん、そういえばさっきのお二人のカルテ、受診の原因を書き忘れていましたよ？」

「あっ……。指摘してくれてありがとう。すぐに書き足しておこう」

「一体何があったんですか？」

「婆娑で人を化かそうとしたら魔祓い師だったみたいで、反撃されたらしいよ」

「それは運が悪かったですね……」

近いもので言うなら、ゲリラライブをしようとしたら警察官に出くわしたというところでしょうか。

犬猿の仲とまではいかないのですが、それでも手を出せばこうして手痛く反撃されてしまいます。

それにしても、何とも低い確率を引いたものです。

魔祓い師なんてごく限られた家系でしか継がれていない職業で、常駐している地域も限られます。普通に出くわすことなんてほぼないでしょう。

「いや、それが偶然とも言い切れなくてね」

「どういうことですか？」

「イエティを巳之吉さんに会わせた時から兆候があったんだけどね、どうやら魔祓い師が警戒しているみたいなんだよ。『開かずの風穴』に便乗したみたいに、『鉄鎖の化け物』の活動が活発化しているのが目についたみたいだ」

「……そういえばつららさんはあの日、式神が飛び交っているって行きの車で口にしていましたね」

説明も少なく連れ出そうとしたら売られるのかと怯えられた瞬間が思い出されます。

式神はある意味、ドローンに近いものです。あやかしがあまりに騒ぎを繰り返すので、わざわざ探して懲らしめに来たのかもしれません。

「だからこそ、他にも悪さに出たあやかしが痛い目を見て来院するかもしれなかったんだ。僕がスクラブから着替えずに休んだのもそれが理由だよ」

「なるほど。そんなところが繋がっていたんですね。お疲れ様でした」

「夜のうちに周知は済ませたから今晩は枕を高くして眠れるかもね」

「うーん、でも困りました。魔祓い師に解決されてしまうと、おばあちゃんの課題がどうなるやらわかりません。少しでも情報収集をして取り組んだアピールをすべきかもしれませんね」

「その課題も結局は小夜ちゃんの危機管理能力を試すものだよ。無理さえしなければ次の機会は与えられるはずだ。というか、そうでなかったら僕が先生に進言をするだろうしね」

当初は存在をねじ込むようにして祖母にアピールしたものですが、私の努力もこうして斑さんが言ってくれる通り、評価されているようです。

「ふふふ。下手に知識をつけた私を野放しにする方が危ない目に遭いそうなので、手元に置いて育てるのが無難とか思ってくれたら安泰ですね」

半ば冗談ではありますが、いかにして自分を売り込むかを考えるのは交渉の基本です。あやかしに腕力では敵いませんし、こうした立ち回りから工夫するようになったのは教育された賜物でしょう。

「そういうことを言ってしまえる点が先生のお孫さんらしいと僕は思うよ」

妖怪総大将じみた祖母の貫禄を少しでも感じさせる振る舞いだったでしょうか。

斑さんからは呆れにも似た表情をされるのでした。

□

そうこうして病院の所用を済ませた私と斑さんはまほろばから我が家に移動します。

庭から車庫に移ると、後部座席を限界まで倒して寝ている兄、芹崎信《まこと》の姿が見えてきました。

歳は斑さんと同じ二十八歳で、私の八歳上。

身内なだけに私の扱いは雑なもので、ソファーでうたたね寝をしていると新聞紙や足で起こしてくるぶっきらぼうな兄です。

きっと、幼馴染として育った斑さんに愛想というものを全て吸収されたのでしょう。

ただし、繊細さや接客力が試される病院勤務をこなしているとおり、やろうと思いさえすれば細々としたことにも配慮できる人ではあります。

今回も何かを用意してくれたらしく、運転席のヘッドレストにはビニール袋が下がっていました。

「お兄ちゃん、お待たせ」

「寝て待っていたから問題ない。俺は放っておいていいから運転は頼んだ。あと、それはお駄賃だ」

体を起こした兄はビニール袋を指差します。

やはり予想的中ですね。

さりげなく斑さんを助手席に座らせる位置取りといい、無償労働させないところといい、雑な態度さえなければもっと人物評価がよくなりそうなものです。

それはともかく、車に乗り込んだ私は早速中身を確かめさせてもらいました。

「おっと……!? これ、薬のハンドブックじゃないですか。あのお高いやつ！」

「新版が出たから払い下げってだけだ。気にしないで使ったらいい」

「うん、ありがたく使わせてもらいます。へっくし！」

「おっと……!? すまん。病院で使ったまま拭き忘れた」

「いえいえ、このくらいは大したこともないので」

掃除を欠かさないとはいえ、病院の隅には動物の毛が吹き溜まっていたりもします。そこで使い古した本ともなればアレルゲンもついているのでしょう。

センリが他の動物の臭いを嫌がると、あの子が密接に関わる私の身にはアレルギーとして表れるわけです。

その証拠に、いつの間にか膝の上に現れたセンリは不機嫌そうに本を睨んでいました。ともすれば爪を立てそうな気配ですが、そればかりはいけません。

薄めの辞典じみていても各動物の薬用量や副作用を端的にまとめた専門書で、非常に高価なのです。

私はセンリの熱い視線を浴びながら本を袋に戻します。

一方、斑さんが座る助手席のヘッドレストにも何かがかけてありました。

「信、これは僕宛てかな？」

「あっちじゃロクな眠気覚ましがないだろ。必要ないなら持って帰ってストックでもしとけばいい」

「まさに欲しいところだったんだ。助かる」

袋の中身は栄養ドリンクやコーヒー、ガムなどだったようです。

――と、こんな様を見ればわかります。

完璧な立ち回りだけど少し儚げな斑さんと、粗野に見えてそれをフォローする兄。これで顔もいいとなると、学生時代の二人は注目の的だったのが容易に想像できました。

祖母と斑さんがまほろばに行ったのが十三年前。

当時は亡くなった斑さんのお母さんに代わって祖母が身元を引き受けていましたし、斑さん自身もあやかしなのであちらへ移るのは当然の選択だったと思います。

しかし、そうした理由から斑さんが高校以降はあちらで過ごすこととなったのは、私にとって不幸中の幸いだったのかもしれません。

「ところで、小夜の調子はどうなんだ？」

「えっと、はい？　くしゃみはしましたけど健康そのものですよ？」

「ばあさん関連の話だよ。気を付けてはいるんだろうけど、あやかしは普通の相手じゃないからな。お前からあまり話を聞けていないから親父やお袋も心配しているぞ」

「……。言われてみればあまり顔を見ていない気がしますね」

な？　と兄が肩を竦《すく》めるのはもっともです。

ここ一ヶ月のご飯に関しては半数を祖母たちと取っていましたし、夜の急患対応で両親が食卓から離れることもあります。

そうでなくとも私は一月に入ってから大学の後期試験とあやかし診療所のお手伝いで忙殺されていました。

面と向かってのお喋りとなると、一週間はなかったかもしれません。

私はハンドルを握りつつ、失敗を反省します。

「おばあちゃんからの課題は順調ですよ。今日は次に取り掛かる『富士の不死』の情報収集をしようと思っています。ちょうど二人を送り届ける施設近くでの話で、亡くなった旦那さんが黄泉返ったなどとおばあさんが言って回ったそうなので、それを確かめるんです」

「その話、情報を追えば黄泉返った爺さんと会うこともあるんじゃないのか？」

「ないこともないかもしれません。ですがそこはまあ、よく準備して事に当たります」

虎穴に入らずんば虎子を得ず。

ですが、周辺住民に巣穴の位置を訊いたり、トラを鎮静剤入りの餌や吹き矢で無力化してから入ったりするくらいの準備はして当たる所存です。

雷獣の保護がまさにそうだったことは兄も知るところでした。

「お前の場合、計画と実行に傾倒しすぎて引き際を考えてなさそうな節がある」

「準備に準備を重ねたとして、安全に解決できれば心配はないじゃないですか」

「それ自体はな。でも適度なところでやめることも覚えなきゃ、首が回らなくなることもある。それに綿密に安全確保して扱う大動物相手だって、不意の事故はつきものだぞ」

「むっ」

大抵の物事は入念な準備をすれば、解決まで導く自信があります。ですが、その準備にかかる手間や確実性にまでケチをつけられると流石に言い返せません。

じとりとした目をバックミラー越しに向けられたかと思うと、その標的は斑さんに移りました。

「小夜は多少の面倒だと押し通して、結果論で語ることもある。斑。こいつがどういう様子だったのか、この後で話を聞かせてもらうぞ？」

「そうだね。その点については誠実に答えさせてもらうよ」

「お兄ちゃん。斑さんも疲れていますし、そういう話は後日、私を交えてする方がいいと思うんですけど！」

「いいや。そうやって言葉巧みに先延ばしにされると大抵は証人が消されるもんだ。よく映画であるだろ？」

この兄が想定する妹は麻薬カルテルか何かを牛耳っているのでしょう。

いくら祖母が極道じみた威厳を持つとはいえ、そんなことはありません。せいぜい、過去のやり過ぎた例について口止めを謀るくらいです。

兄のダメ出しも一考の価値ありだとは思いますが、あまりにも執拗なので尋問された気分でした。

講習会の施設駐車場に到着した時には、ようやく解放された気分さえします。

疲れたこともあり、二人の見送りは座席に深くもたれながらとなりました。

「講習会は昼までということでしたよね？」

「予定ではな。どうせ質疑応答で遅れるから一時間程度後でもいいさ。終わったら飯にでも行こう」

「はい。適当に合わせるので二人は存分に勉強してきてください」

「小夜ちゃん、悪いね。頑張ってくるよ」

「寝不足なんですし、無理はしないでくださいね」

大学の授業みたいなものでも社会に出てから学びに行くと、お料理教室より断然高い価格帯と聞きます。元を取るためにも、しっかりと学び取ってくることでしょう。

さて、あちらはともかく自分の問題です。

なにせこちらは将来の職がかかった課題。祖母が心変わりをしないよう、迅速に結果を出す必要があります。

「……だからって多少の無茶とかはしないように気を付けますけど」

もしや先程の口煩さはこう思わせるためだったのでしょうか。

私は負けた気分で重い息を吐き出すのでした。

□

『富士の不死』。それは亡くなった旦那さんが生き返ったと言い回るおばあさんの話で、駅前の産直市や喫茶店などを語り歩いたそうです。

私の調査もその軌跡を追うところから始まりました。

「お話どうもありがとうございました。あ、そこのキャベツとレンコンをください」

「あいよ。こいつ辺りが美味しいと思うぞ。シンプルにごま油で焼いて塩をまぶすのが絶対に美味しいはずだ」

「わあ、ありがとうございます。お酒のお供にもよさそうですね」

「そりゃあもちろんよ！」

男性店員の目利きに感謝の笑みを向け、私は次の目撃現場へ移動します。

どうやら件のおばあさん――本名、岸本恵《きしもとめぐみ》さんは二年前までは旦那さんと小さな馬術クラブを経営し、駅や大規模施設などでチラシ配りをしていたそうです。

情報がしっかりと残っているのはその影響ですね。

そして旦那さんは二年前にバイク事故で他界。現在は岸本さんの調子も悪いらしく、近くの病院によく来るのだそうです。

「旦那さんはしばしばカウボーイ姿になる気の良い人だった。彼女はその半歩後ろを歩く人だったけど、それはそれは満ち足りた様子で支えていたんだよ。しかしそんな相手も亡くなって、馬も各地にほぼ売却したそうで、見る間に元気がなくなってしまった。それがある日、『うちの馬が旦那を連れて帰ってくれたんだ』って笑顔で語ってね。認知症でも出たんじゃないかと話をしていたんだ」

「けれどおばあさんだけでなく、他の人も旦那さんを目撃した。だから『富士の不死』なんて噂が立ったんですよね」

「その通り。お嬢さんはそれを解決しに来たのかい？」

情報を追って入った喫茶店のマスターに問いかけられます。

プライバシーもあるでしょうによく喋ってくれると思ったら、口が軽いだけではなかったのかもしれません。

このマスターはまるで世間の裏まで網羅する情報通です。

長袖シャツに蝶ネクタイ、ベスト、ソムリエエプロンとまさにマスターらしい装いで、頭髪はロマンスグレーのおじさまですが、どうにも衣装と雰囲気が噛み合いません。貫禄がある一方、役を演じているかのようです。

さては社長を早期退職し、夢の喫茶店経営に踏み出した人種でしょうか。

「いえいえ、そういう物事を解決する力なんて私にはありませんよ」

「そうかい？　大きなバッグかキャリーを持ったお淑やかそうな文学少女が訪ねて回った所の怪談は解決されるってここ一、二年くらい噂になっているんだが」

それはなかったことにした過去です。人違いと言い張りましょう。

冗談がお上手と微笑み、淹れてもらったコーヒーに口を付けます。

実際のところ、バッグの隅には不穏な品々が詰まっているので見せはしません。

私が全てを話してもせいぜい護身具で武装した不審者止まり。解決する力がないのは事実なのですから。

「私は単に噂好きな大学生です。こちらのバッグも産直市で買ったお野菜が入っているだけですし」

私は事件を見極め、祖母や斑さんに託すだけ。薬の提案くらいはしますが、できるのはあくまで補助的な働きのみです。

それに、私の異端さはセンリが憑りついているというただ一点のみ。

けれどもあの子はもうカウンター上でくつろいでいます。それが見えないというなら、これ以上はすべき主張もありません。

「ごちそうさまでした。お話に付き合ってくれてありがとうございます」

「なに、お客さんとの談笑もマスターの醍醐味だ。それにお昼前の仕込み中だから、カウンターを離れない理由ができたのはむしろ好都合だったよ」

話の最中、マスターは時折シチューをかき混ぜていました。

アンティークな装飾と家具、コーヒーの香りで落ち着いた雰囲気のお店は、昼時になると洒落たランチメニューも用意されているようです。

こういう雰囲気は街の洋食屋さんと同様にとても心をくすぐってきます。

今日のメインはビーフシチューらしく、濃厚な香りに唾液を誘われました。

鍋を見れば、浮き出た油にトマトの色素が混ざってルビー色に輝いています。

ああ、わかります。

こういうシチューは肉と野菜が溶け合ったコクと、トマトの酸味が適度に混ざり合って、舌を痺れさせるほどに美味しいものです。

これは間違いなく美味しい一品と確認できました。情報のお礼も兼ねて、兄と斑さんを連れてくるのもいいかもしれません。

さて、支払いを終えて店を出た私は腕時計を見ます。

講習会が終わるまで、まだ二時間はありました。

それまでずっと待ちぼうけを食らうくらいなら、件の馬術クラブ近くを訪ねて、黄泉返りをしたおじいさんの情報を当たってもいいかもしれません。

「それにしても富士山と不死ですか。竹取物語に出てくる不老不死の薬を燃やしたのが富士山ではあるんですけど、黄泉返りの話ではないんですよね。予想した説話と実際の噂が噛み合わない時はまだまだ再考の余地アリです」

月に帰るかぐや姫は帝に不老不死の薬を預けたものの、生きる希望を失った帝は富士山で薬を燃やさせた。

——そんな後日談は、説話好きな人なら聞き覚えがあるでしょう。

どこかのあやかしが力を得るために説話をなぞる事件を起こしたか、はたまた説話がなぞられたためにあやかしが生まれたか、単なる勘違いか。

要素が似ているというだけでは断定できません。

「一旦、車を取りに戻りましょうか。……おや。センリ、どうかしたの？」

歩み出そうとしたところ、私の影からセンリがずるんと滑り出てきました。猫は液体なんて言われますが、この子はそれに拍車がかかっている気がします。

それはさておき、前肢を突き出して伸びをしたセンリはその場に座りました。

普段はその後、じっくりと顔を洗ったり抱っこをせがんできたりするところですが、一方向を睨んだままです。

何に興味を引かれたのかと視線を追ってみると、一人のおばあさんがうずくまっているのが見えました。

　これはいけません。私はすぐさま駆け寄ります。

「あのう、大丈夫ですか？」

「……ああ、心配いらないよ。少し、息苦しく……なってねえ……」

「このカート、座れますよね。お手伝いします」

　近寄ると、おばあさんはカートから伸びる管を鼻に入れていることがわかりました。

　テレビ等で見かける病院の重病患者がこうして酸素吸入をしていた記憶があります。

　うずくまって胸を圧迫するよりは楽になるはずと、ひとまず肩を貸してカートに座らせました。

　さて、この装備は一体何なのでしょう？

　苦しそうなおばあさんに答えさせるわけにもいきませんし、待っている間に携帯で検索をかけてみます。

　私が調べをつけた頃、おばあさんの呼吸も落ち着きを取り戻しました。

「お嬢さん、どうもありがとうね」

「いえいえ。それよりこの後は大丈夫ですか？」

「そこのバス停から家に帰るだけだから心配いらないよ。息苦しくなるのはいつものことだからね。少し歩きすぎただけだよ」

「調べさせてもらったんですけど、これは携帯用の酸素ボンベですよね。酸素量やバルブに問題ないですか？」

「それはどうだったかねえ」

問いかけてみると、確証はないのか少し不安げな表情です。

このカート内に収納されたボンベを見るだけなので大した作業でもありません。おばあさんと一緒になってそれを確認します。

おっと、これは確かめて正解でした。

圧力計の目盛りは赤い範囲を振り切り、ゼロを示しています。

「これはもう空っぽということですよね。ご家族か病院に連絡を取りませんか？」

「家には家用の機械があるし、替えもあるから心配はいらないよ。それに一人暮らしで呼べる相手もいないからねえ」

それならせめてボンベを売っていそうな病院にでも送り届けたいところですが、ふと考え直します。

行先によってはバスの本数も限られますし、酸素ボンベのやり取りは病院ではなく、ガス会社と直接取引をするという図式も検索中に見かけました。

病院へ送り届けてもボンベがないとか、高くついて年金生活者には辛いとか、かえって迷惑になってしまう可能性もありそうです。

やんわりと断ろうとするおばあさんの顔を見つめ直しました。

「バス停には人がいないですし不安です。おばあさん、私は車で来ているので家まで送らせてくれませんか？」

「いいんだよ、そんなに気を遣わなくたって。お嬢さんも用事はあるでしょう？」

「それが二時間ほどどこかで時間を潰さないといけなくて。この後も気がかりになってしまいそうなので、手助けさせてください」

押しつけがましくなってしまいますが、私にも祖母がいて不安になるのは確かです。

正直に訴えてみると、遠慮がちだったおばあさんの方が折れてくれました。

「それじゃあ、お言葉に甘えさせてもらうよ」

「はい。すぐに車を持ってくるので少し待っていてください」

そう伝えた私は足早に駐車場へ向かうのでした。

□

車で走ること三十分ほど。

市街地を離れた過疎地域におばあさんの家はありました。

どうやらこのエリアには古くからの畜産家がいるらしく、畜舎や飼料タンクらしきものがちらほら見えます。

(ここはまた車外に出るだけでセンリがピリピリしそうな地域ですね……)

私の守護霊、センリは自宅一階にある動物病院に関しては近寄らなければ許容してくれるのですが、社会科見学で動物園に行った時などはやたらと警戒をしてくれます。

え、何。ここに入るの？　私がいるのに？

とでも言いたいのかなぁとは思うものの、言葉は通じないので本音はわかりません。ただ単に私が動物アレルギーじみた症状で苦しむだけです。

ぼふりと毛を立て、いつもの二倍に膨らんだセンリが露骨に視線をくれていますね。そして鳴り続けている喉の音が少し低音で、私の太ももをふみふみする前脚は若干爪が立っているのです。

これはまあ、不機嫌を表す態度ですよね。浮気現場ではないのに手厳しいことです。

「そこを曲がって道なりに進むとあるよ」

「わかりました」

指示通りに進むとそれらしき建物が見えてくるのですが、同時に私は少し驚きました。辿り着いた民家は表向きだと普通なのですが、その裏手が特殊です。

そこにあるのは木の囲いがある砂地だけの庭――恐らくは牧場でしょうか。

案内してもらった駐車スペースも四台は同時に停められる広さがあり、単なる田舎の敷地利用とは思えません。

おばあさんの降車を手伝うために車外に出ると、使い古して錆びた大型ブラシのようなものやロープ、ペンチなどが目に留まります。

これらの器具には診療所でも見覚えがありました。大動物のブラッシングや牽引、馬の装蹄などで使う品々です。

（もしかして、この人が『富士の不死』のおばあさんですか？）

家の表札も件の岸本という姓です。

その上に馬を飼養していて、家族はいない。そんな家庭は何戸もないでしょう。偶然の巡り合わせには本当に驚かされます。

「こんなところまで送ってくれて本当にありがとう。お嬢さん、お礼にお茶でもごちそうするから上がっておくれ」

「あ、はい。ではお言葉に甘えて……」

時間にはまだ余裕がありますし、何より真相に近づくチャンスです。

ただし、善意が思わぬ方向に転がった点には少しばかりの罪悪感を禁じ得ません。それを気にして出遅れたところ、センリが前を歩いていきました。

いつもなら私にぴったりついて歩くか、寝ていて姿を見せないところですが、不思議なものです。

ささやかな疑問を抱いていると、センリはとある建物に差し掛かったところで足を止めました。気になるものを見つけたどころではなく、中に睨みを利かせています。

（どうしたんでしょうか？）

その建物は手製と思しき味があり、とても広い戸口は開放してありました。

倉庫や馬術クラブの受付にしては不自然なその建物を覗き込んでみると、すぐに理由がわかります。

これは厩舎《きゅうしゃ》です。

空きが目立つ馬房の中にただ一頭だけ黒いサラブレッドがいて、こちらを見つめていました。

馬というのは本当に大きいものです。私の顎の高さが背中の位置で、皮一枚下には筋肉の隆起が見える逞しさも迫力を後押ししていました。

少しばかり毛艶が悪かったり、筋張った見かけだったりするのは管理不行き届きではなく、加齢によるものでしょう。

人で言うところの白髪のような毛もいくらか見えました。

「ああ、普通の人には物珍しいでしょう？　うちは馬術クラブを廃業しちゃったんだけど、その子だけが最後まで残ってね」

「我が家は動物病院なんですけど、馬を見る機会はないですね。でもすごく丁寧に掃除をされているし、大切さが伝わってきます」

「もうこの子しかいないからね。最後に残った大切な家族だよ」

言葉にすると、岸本さんは柔らかな表情で肯定してくれます。

例の噂では『馬が旦那を連れて帰ってくれた』という節がありました。

そこにいる馬は亡くなった旦那さんと岸本さんにはよく懐いていたものの、誰かに引き取られると酷く暴れて追い返されることの繰り返しだったそうです。

しかし馬は調教をすれば意思疎通できるのは無論のこと、白衣を見れば獣医師の注射を連想して暴れたり、世話係の足音を聞けばご飯などを察したりと、頭がいいです。

きっとその行動は性格というよりも家族への愛情故だったのでしょう。

「さあさ、上がってちょうだい。雑多な部屋だけど、気にしないでね」

「お邪魔します」

牧場や厩舎がある通り、家も少し特殊です。

玄関らしき段差はなくて、ぽんと置かれたマットが履き替えの境界でした。

案内された居間は間取りが広く、大きなガラス戸からは厩舎と牧場の一部が見えます。

土足での入りやすさや、この広さです。恐らくは施設利用者の食堂としても利用していたのでしょう。真ん中に置かれたテーブルも十人以上がかけられる代物でした。

こうして招かれたのだし、出しゃばって手伝うのは不作法というものでしょう。

おばあさんが自宅用の酸素療法の器具に付け替え、ケトルとお茶、茶菓子を持ってくるのを待ちます。

「お待たせしてしまったね」

「いえ、とんでもない。たくさんの物が飾られているので全部眺める時間もなかったくらいでした」

この場所は馬術クラブの思い出のみならず、旦那さんとの歴史も詰まっていることがわかります。

年季を感じる写真に楯、馬のお骨箱と思われるものにつけられた大会入賞のリボンなどが壁一面に飾られていました。

その中に異色なものも交ざっています。

それはひび割れ、破損したフルフェイスのヘルメットです。

飾られた写真の中にはライダージャケットに身を包み、バイクに跨った旦那さんの写真もあることから、誰のものかはわかります。

けれど、これが何の傷なのか問うのはやめておきましょう。バイク事故の噂通りであれば悲しい記憶に直結してしまいます。

岸本さんは思い出を一つ一つ振り返るように遠い目で品々を見つめました。

「確かに思い出は詰まっているんだけど、お嬢さんに助けてもらった通り、さほど調子もよくなくってね。そろそろ備えるべきには備えないといけないんだよ」

岸本さんはそう言って厩舎に目を向けます。

もとよりそういう構造なのでしょう。厩舎の扉が開いているおかげで馬の姿が見えました。

「せめてあの子の貰い手を見つけてからでないといけないんだけど、なかなかねえ」

「どこかに預けたりはできないんですか？」

「いくつか当てはあったんだけど、預ける度に酷く暴れて追い返されてきたんだよ。お互いに歳ではあるし、あの子を看取るのが理想の形なんだけど、どうなるやら」

「あの子もどうしても一緒にいたいんですね」

「ははは、そうだねえ。そう思ってもらえているのは嬉しいよ」

預けたはずの牧場から送り返されたとはいえ、懐かれているのは嬉しいのでしょう。岸本さんは素直に口元を緩めます。

けれども、彼女が貰い手探しを焦る気持ちもわかりました。

今日だって体調は思わしくなかった上、棚には複数の薬袋が見えます。

普通なら入院したり、老人ホームで介護付きの生活をしたりするところ、無理をして馬の世話まで続けて一人暮らししているのです。子供でもいたらもうやめてくれと止められる事態でしょう。

「最後まで責任をもって動物を飼うのは大変ですよね」

「そうだね。いくら美談にしようとしたって、あの子のご飯に治療、法律で決まっている手続きとかをちゃんとできないのは虐待みたいなものだよ。私の体調がどうであれ、そこは全うできるようにしないとね」

私が上手く祖母の後を継げば丸く収まる。そんな一途に歩めば報われる展開とは異なり、胸が重くなります。

ところで、不思議なものです。『富士の不死』は認知症のおばあさんと、旦那さんの黄泉返りという情報でした。

しかし岸本さんは出会った時から今までしっかりした様子です。

件の旦那さんについても、生きていると誤解している節はありません。もういないと捉えていなければ、最後の馬の貰い手探しなんてしないでしょう。

彼女が『富士の不死』の関係者とするなら、どこか不自然です。

「そういえば自己紹介がまだでしたよね。私は芹崎小夜という名前で、この近くの薬科大学に通っています」

「私は岸本恵って名前だよ。小夜ちゃんはあの大学に通っていたんだねえ。あそこの馬術部にも受け入れできないかって話をしたことがあるから知っているよ」

「そうでしたか。私が思いつく程度だともう実践済みですよね」

「気にしてくれてありがとう。今時、感心な子だね」

「いいえ。それから、岸本さん。あと一つだけ、思いつきを聞いてもらえませんか？」

もしかしたら私の大学も預かる候補になるのではと思いましたが、馬がいる場としてはまっさきに思いついてもおかしくない距離です。やはりダメでした。

しかし私としての本題はこの次。

岸本さんさえよければ力になれることがあるのです。

「今は二月で後期試験も終わって春休みですし、大学三年生になると授業数が減って割と余裕が出るんです。ここはバスもあまり本数がないですし、行きや帰りの時間でお手伝いができる時は協力させてください」

「いいんだよ。見ず知らずのばあさんなんだから、今日助けてもらっただけで十分だよ」

「はい、あまり手を出すのも有難迷惑にはなっちゃいますよね。だからたまにでいいんです。定期的にお話ができるだけでも、万が一、何かがあった時に気付いてあのお馬さんを助けたりできるかもしれませんから」

それは少しばかり卑怯な物言いだったかもしれません。

最後の馬への対応を巡って悩みを抱いている岸本さんにとっては非常に大きな意味を持っています。

明らかな間を置いた後、彼女は問いかけてきました。

「――小夜ちゃんはどうしてそこまでしてくれるんだい？」

そう問い返してくることは予想できました。

だって、今日初めて会った人間がそこまで言い出すなんて明らかに変です。

それを上手く取り繕う方法や誤魔化す方法も、もしかしたらあったかもしれません。

しかし、引け目を感じながら申し出たからこそ、この問いには正直に答えなければならないと感じました。

「私は、事情があって『富士の不死』と言われる噂を調べていたんです。その件がどういうものか見極めることができたら、祖母の仕事を手伝っていいと言われました。岸本さんと出会ったのは本当に偶然だったんですけど……すみません。私はどうしてもこの件について調べなきゃいけないんです。その代わりにできるお礼といったら、お手伝いをすることくらいだろうなと思いまして……」

話してみるとどうでしょう。

岸本さんは一瞬、驚いたような顔をしました。

けれどもその表情が怒りや不審に染まることはありません。むしろ逆に破顔してこちらを見つめてきます。

「何をしているのか想像はできないけど、珍しいことをしているんだねぇ」

彼女はまるで孫と話しているかのように優しく頷きます。

「それだけ家族を手伝おうとしているなんて、いいお孫さんだよ。そういうことなら甘えさせてもらおうか」

事情があってと口にしたからか、岸本さんからの追及はありません。

ただ好ましそうに目を細めるだけでした。

「小夜ちゃん。他にも何かを言いたそうな顔をしているよ？」

「あ、あのう。……心苦しいんですけど、できればお話を聞いてもいいですか？　この噂は旦那さんが黄泉返ったんだって岸本さんが言ったことが始まりと聞いていて……。その、できればでいいんですけど……」

我ながらこれは図々しすぎるお願いで、縮こまる思いです。

怒られなかったのをいいことに言葉にしてしまいましたが、どんどん胸が痛くなってきました。

けれども私の反応とは裏腹に岸本さんは笑い飛ばします。

「いやぁ、恥ずかしい限りだよ。その話はバスで居眠りした時に夢を見てね。夢か現《うつつ》かと興奮して話したものだから、変に伝わったのかもしれないねえ」

「そう、だったんですか？」

「肩透かしな真相で悪かったねえ」

「いいえ！　なるほど。そういうこともあるかもしれないですよね。答えてもらえただけありがたいです」

単なる噂が独り歩きとか、誰かが途中で誇張するというのも、説話や都市伝説ではよくあることです。

岸本さんの話を裏付けるように、亡くなった旦那さんの目撃例は続いていません。イエティも噂の波が引くに合わせて弱っていきました。それと同じく、膨らんだ噂があやかしを生んだけれど自然消滅したとか、野良あやかしが便乗した線もあります。

ともあれ、打ち明けてみれば気が楽になりました。

これならこれで詰め将棋のように次の捜査へ進んでいけることでしょう。

私は憑き物が落ちたように清々しい気分で岸本さんとの談笑に花を咲かせるのでした。

□

その後はお茶を一杯、二杯と頂きながら岸本さんの思い出話に付き合いました。

けれども嫌々というわけではありません。

動物好きとしてはやはり馬術は憧れであり、軍服にも似た馬術着はドレスと同じく一度は袖を通してみたいものでした。

それにどっぷりと浸かってきた岸本さんの経験談は実に興味深いものです。

「――楽しくお話をできたはいいけれど、小夜ちゃんの時間は大丈夫かい？」

「えっと……。あ、そろそろいい頃合いですね。ごめんなさい。すっかり忘れてお話に没頭していました！」

「いいんだよ。こんなおばあちゃん子、本当に孫ができたようでとても嬉しかったよ。ありがとうねえ」

「こちらこそ。また都合が合った時には話の続きを教えてください」

「ああ、もちろんだよ。またいらっしゃい」

偶然の出会いにしがみついてしまった格好にはなりましたが、話すことで随分と打ち解けることができました。『富士の不死』の調査という名目にも感謝です。

あとは罪滅ぼしにでも、何回か送迎をしてあげたいところですね。

そんなことを思って立ち上がった時、ぞくりと背筋に悪寒が走りました。

一体なんだろうと周囲を見回してみると、驚いたことにベランダのガラス戸越しに厩舎の馬と目が合います。

利口な生き物とは言いますが、睨むように見据えられるとは驚きを隠せません。

「どうしたんだい？」

「すみません。馬がこっちをじっと見ていたことに驚いただけです」

「ああ、あの子はとても利口だけど人が来なくなってから人見知りになったんだよ。初めて見る人が家にまで入ったから気になっているんだろうね」

「そ、そうでしたか。おっと、こうしていると本当に遅れちゃいそうなので失礼します」

どうやらこんな前例もいくらかある様子です。

そして私は岸本さんに見送られるがままに玄関へ向かいました。

「岸本さん、もうここまでで大丈夫ですよ。酸素吸入器のコードも届かないですし、リビングでゆっくりなさってください」

「そうかい？　今日はありがとうね。気をつけて帰りなさい」

「はい。ありがとうございます」

自宅用の酸素濃縮器は言うなれば空気清浄機並みの大きさです。重い上にコードの長さにも限りがあるので家中好きに歩けるものではありません。

廊下の半分くらいまで来てくれた岸本さんに頭を下げ、私は一人で家を出ました。

その顔に一陣の風が吹きつけてきたことで、私はある事実に気付きます。

そう、小さい頃から私を悩ませるあれがないのです。

「……うん？　そういえばこの家はやたらと馬術具がありましたし、馬も近くにいます。なのにどうしてアレルギーが出ないんでしょうか？」

牛用の発酵飼料の匂いが乗った風の方が鼻にむずむずと来るくらいです。

それなのにこの家では何故これほどまで影響が少ないのでしょうか。

（これはまるで……）

あやかし診療所と似た感覚にも思えます。

いや、そんな要素はどこにもないのにこれはおかしいなどと考えあぐねて歩いていたところ、足元にセンリが現れました。

センリはまた厩舎に向かって睨みを利かせます。

こうして警戒する姿はイエティを保護しに行った時以来ではないでしょうか。

この子がこれだけ警戒を示す相手がいるとすれば、それは――？

「……なるほど。センリ、もしかしてあの馬はあやかしなの？」

少しばかり珍しくはありますが、ありえないことではないでしょう。

長く生きた飼い猫が猫又になったり、海外品種が実はケットシーだったり。そういう例は現代でもひっそりとあるものです。

それを思えば、長く愛された馬があやかしであることも不思議はありません。

「ふむ。馬が亡くなった旦那さんを連れてきた……。思いつくものがないですね」

霊魂を運ぶ動物、死体を運び去る妖怪猫の火車、人に死を告げるデュラハンと愛馬くらいは思い浮かぶものの、馬と黄泉返りがセットで語られるあやかしは思いつきません。

まあ、正体はひとまず置いておいてもいいでしょう。

この馬は岸本さんを愛し、愛されていました。それがあやかしだったとして、悪いものであるはずがありません。

この子はきっと私にとってのセンリみたいなものなのでしょう。

私は馬の視線を浴びながら厩舎の前まで近づきます。

「君はお喋りができる子ですか？　それだったら楽なんですけど……」

警戒をしているセンリを抱き上げ、穏やかに問いかけます。

返ってくるのは変わらない視線だけで、声はありません。

「私は悪いことをしに来たわけじゃありません。世間で噂になっている『富士の不死』を調べさせてもらった代わりに、岸本さんには病院の送り迎えとか、できることをさせてもらおうと思っています。またいずれ、お邪魔しますね」

言葉が通じるならせめてこの警戒くらいは解きたいものです。

私は伝えるべきことを伝えると車に戻るのでした。

□

兄と斑さんが講習を受けている施設に戻ると、ちょうど頃合いでした。参加者と見える人たちがまばらに出てきているところです。

兄に駐車位置をメールで伝えてしばらく待っていると、その姿が見えました。

「随分と張り切って勉強したんですね」

斑さんは兄の肩を掴み、荷物も預けて引っ張られる形で歩いています。まるで長距離走後の姿でした。

昨日はかまいたちと送り犬の急患があって疲れがたまっていたところ、あやかし特有の娑婆疲れです。無理もありません。

「お昼ご飯なんですけど、いいお店を見つけたのでこのまま移動しちゃいますね？」

「続けて運転してもらって悪いね。頼むよ」

「いえいえ。斑さんはきついでしょうし、お気になさらず」

ようやく息をついた斑さんの横顔に兄は自動販売機で買ったドリンクを押し付けています。

こうして支えられなければ歩けないくらいにきつそうなあやかし側の人に運転させるのも何ですし、兄は私に薬のハンドブックという貢ぎ物をくれたので文句は言えません。

ええ、やり手のタクシー運転手のように満足できる店にもご案内しましょう。

――というわけで向かったのは情報収集に訪れた喫茶店です。

昼時を狙ったお客さんが随分増えており、危うく席がなくなってしまうところでした。

「おや、お嬢さん。早速リピートしてくれたのかい？」

「はい。仕込みの香りがとてもよかったので」

「ははは。それは張り切ってかき混ぜた甲斐があったというものだよ」

煮崩れもお構いなしに雰囲気を重視していたのかと思いきや、周到な罠だったようです。

料理ついでに私にまで仕込みをされていたとは恐れ入りました。

したり顔のマスターは空きテーブルを指差します。

「あちらの席が空いているよ。他のテーブルの配膳をしたら注文を取りに行くから、ゆっくりとメニューを決めるといい」

ウェイトレスも忙しなく働いていることもあり、私たちはそのままの足で指示された席に移動します。

テーブルでは兄と斑さんが横に並び、私はその向かいに座りました。

ウェイトレスが水を持ってきてくれるのと同時に注文するのは、無論、ビーフシチューです。

それが配膳されるまで、私は岸本さんに出会った一部始終を二人に伝えました。

「というわけで、岸本さんは持病と馬のこともあって何とも世知辛い状況でした」

話をしてみると、兄と斑さんはそれぞれ思案に耽《ふけ》ってくれます。

「言ったら悪いが、あまりいい状況ではないだろうな。心臓が悪ければ全身に影響が出てくる。その酸素療法も肺の機能が落ちたからこそだろうしな。岸本さんは無理をして馬の世話までしているんだろ？　馬が何歳なのかは知らないが、岸本さんが先立つ可能性の方が高いくらいかもしれないな」

兄の言葉はもっともです。

心不全の五年生存率は五十パーセントほどという情報には私も行き着きました。

生活環境からすれば岸本さんはいい条件ではないでしょう。

「……私の声掛けに甘えたいと言っていましたし、岸本さん自身も不安だとは思うんです。『富士の不死』を解明するより難題にぶつかったかもしれないですね」

「小夜。わかっていると思うが、馬なんてそうそう飼えるもんじゃない。牧場に預けるのも金がかかるし、一人の子供を育てる並みだって聞くぞ」

「うぅ、わかっていますよぉー。でも、真相を究明したらハイさようならなんてできないじゃないですか。娑婆が世知辛いのなら、まほろばでの受け入れ先を探してみます。ほら、幸いあちらの文化は古風ですし」

「食われないといいけどな」

「そ、それについてはちゃんと考慮しますよ！」

「変なところにまで突っ込んで怪我をするんじゃないぞ？」

「お兄ちゃんの方が生傷を作ってますぅーっ！」

ずけずけと指摘してくる兄の手をひったくります。

動物に関わる者の宿命ですね。盛り上がった瘢痕《はんこん》はもちろんのこと、まだかさぶたのある傷が一つ、二つと見えました。

するると兄はため息顔になります。

「家族にも気性が荒い猫だからって爪を切らずに連れてくるもんだからなぁ。蓋が開くタイプのケージならまだいいんだよ。ドアから出入りするタイプに入れてきて、触る前からうーうー言っているキレ猫ちゃんだとどうしようもない……」

「肛門嚢《こうもんのう》が破裂したのが痛くって、手を近づけると噛もうとする犬とかもいたんですよね。聞きましたよ」

「言葉が通じるし、皆保険だし、医療品の規格化された人間の医者が羨ましい……」

兄は基本的に私の前では動物病院の悪い点しか言いません。

そういう愚痴っぽい性格と言ってしまえばそれまでかもしれませんが、働こうにも働けなかった私が羨むことがないようにという配慮にも思えます。

口うるさいのも心配の表れなのでしょう。手の甲を何度かべしべしと叩くだけで解放してあげます。

「馬のあやかしか。妥当なところで言えばその馬が岸本さんの旦那さんを黄泉返らせたと見られそうだけど、そんな神様みたいな伝説は聞いたことがないね」

「あっ。斑さん、すみません。私もそこに行き詰まりを感じているんです」

兄としょうもない話をしている最中も顎に手を当てて真剣に考えてくれていました。私は反省して姿勢を正します。

「幸い、交流はできたんだからじっくり探していけばいいと思うよ。次に考えられるとしたら――」

「輸入馬ってケースは多いだろうから、日本に縛られて考えない方がいいな。そういう輸入検疫や輸入後の防疫検査に携わっている同級生も多いぞ？」

兄はさして考えてもいない様子でビーフシチューにパンを浸しながら言葉にします。

あやかしに関わっているのは私と祖母だけで、兄は特別に勉強したわけではありません。

こうして話すのも少しだけ事情を知った素人意見というわけです。

けれどもあの馬はこの娑婆で暮らすあやかし。それくらいの知識から出る類推も役に立ちます。

斑さんは兄の言葉に頷きを示しました。

「そういうことだね。輸入木材についてくる妖精みたいなものだよ。馬の出身地がわかればその馬の正体も掴みやすいかもしれない。出身地とか、出会った経緯がわかると本当にその馬が黄泉返りに関わっているか判断できるんじゃないかな？」

『富士の不死』に関しては手繰り寄せる芋づるがなくなってしまったところです。あちらこちらと広く浅く調べて回るよりはいいかもしれません。

しかし、動物の出身地となるとどうでしょう。

岸本さんの記憶力に頼るくらいしか私には想像できません。

「でも、複数飼っていたそうですし、馬一頭一頭の出身地まで覚えているでしょうか？」

「他の馬と接触する可能性のある馬は法律で義務付けられた病気の検査がある。そういう検査やワクチン記録をまとめた馬の母子手帳みたいなのがあるはずだ。他の牧場なんかに譲渡しようとしていたなら、まず間違いなく用意しているはずだぞ」

「……こういう点、お兄ちゃんはいろんなことを知っていてまさに医療系って感じですよね」

「畜産に、飲食店での衛生、空港とかでの動物検疫、薬品開発とか、動物が関わるところには獣医がいる。そのどこにでも就職できるように教わってきたんだぞ？　動物病院以外の獣医らしい知識だってあるさ」

病院で働いて疲れた様子や愚痴しか見聞きしていない身としてはこういう博識さが心底意外でたまりません。

そんな気持ちが表情に表れていたのか、デコピンされました。

ほらこの通り、私の扱いだけは本当に雑な人です。

こんなやりとりをしていたところ、斑さんは苦笑を浮かべました。

「あやかしに関わることでは注意をするようにね。まほろばで受け入れ先を探すとしたらもちろん誰かと行動を共にするべきだし、その馬と会う時も気を付けた方がいいよ」

「その通りだ。俺がこっちで斑の世話をしている分、しっかりと迷惑をかけろ」

「あ、あはは……。小夜ちゃんの手助けはもちろんするんだけど、信のその言い方は胸が痛いな」

兄は斑さんの肩を掴み、乱暴に揺らしています。

けれども無抵抗に身を任せている点に二人の信頼関係を感じました。

私が生まれる前から、中学卒業まで共に育った幼馴染なのです。きっと見た目以上のものがあるのでしょう。

こうして言われるのでは仕方がありません。私は斑さんの手を取ります。

「お兄ちゃんがそう言うのなら妹として言葉に甘えないわけにはいきませんね。斑さん、お世話になります」

「だそうだ」

「お手柔らかに頼むよ……」

二人して見つめてみたところ、斑さんは表情をひきつらせます。

そうして昼食を終えて席を立つ際、兄は伝票を取って立ち上がりました。

働いて給料をもらっている社会人ですし、なんだかんだ言って斑さんには身内が世話になっているということもあって、食事はよく奢ってくれるのです。

会計を担当してくれるのはあのマスターでした。

「はい、お釣りだ。昼のメニューは日替わりだから、明日でも明後日でも楽しんでもらえるはずだよ。またみんなで来てくれると嬉しい」

こうして一言を添えている辺り、一人一人のお客さんを大事にしていそうです。店の雰囲気もいいですし、これはリピートしたくなります。

そんなことを思っていたところ、影から現れたセンリがひょいとレジに乗りました。

狙いはお釣りだったのか、今まさに兄の手にお釣りを預けようとしたマスターの手を猫パンチで叩き落とします。

猫らしい悪戯心なのですが、この子は普通の人には見えないので傍からすればポルターガイスト現象みたいなものです。

「あっ、すみません！」

「いやいや、お嬢さんが気に病むことはないよ。お兄さん、別のお釣りを用意しよう」

マスターは慌ててレジを開くと代わりのお釣りを用意します。

私がつい声を出したことで兄と斑さんも状況を察した様子でした。

そうですね。これはマスターか兄のどちらかが取り落としたような状況で見せる反応ではありませんでした。

けれども知らないふりをするのも心苦しいことです。

謝罪も兼ねてもう一度くらいは来店しようと私は心に決めたのでした。

□

その日は講習会で斑さんも疲れてしまったこともあって、あやかし診療所も休診日となりました。

けれども、私は忙しい身です。

大学が春休みといえど診療所で活かすための勉強をしなければいけませんし、もしもの時のために馬の受け入れ先も探さなければなりません。

夜になってようやく勉強を終わらせてからは後者の用件で人と会っていました。

「小夜ちゃん、どうですかぁ？　漬物とお酒、合うものだと思いませんか？」

「そうですね。でも、こうしてお刺身、漬物、最終的に塩で飲むようになると、駄目な人が完成しそうな気もします」

「ふふふ。それはその日の気分次第で変えていけばいいんですよー」

「あんたたちは何やってんだい？」

あやかし診療所の縁側で雪女のつららさんとお酒を嗜《たしな》んでいたところ、声を聞きつけたのか祖母がやってきました。

怪訝そうに見つめる祖母に私は返答します。

「お話しした馬を受け入れてくれる人をつららさんの営業範囲で探してくださいとお願いをしていました。こういう接待で仕事が円滑に進むなんて、大人の世界さまさまです」

私の膝の上にはセンリがいます。

そしてつららさんの膝にはイエティの吹雪が頭を乗せて伏せているのですが、センリに睨まれている圧を肌で感じているのでしょうか。不安そうに尻尾を咥えていました。

また、私たちの足元では雷獣と刑部と子供イエティの諭吉が刺身をくれと、足の甲に代わる代わるお手をしてきています。

これで接待と主張するわけですから、情報量が多いですね。

祖母は「二十歳の小娘が何を言ってんだか」と息を吐きました。

「それよりおばあちゃんも一緒にいかがですか？　つららさん、日本酒をみぞれ酒にもできるんですよ」

「孫からのお誘いじゃあ仕方ない。頂くとしようか」

「はい！　今注ぎますね」

私の横に祖母が腰を下ろすと、刑部はすかさずその膝を占拠します。本当にこの子は祖母だけ特別扱いですね。若干嫉妬を禁じ得ません。

祖母はお猪口に注がれた日本酒の香りを確かめ、くいと口に含みます。

香りも味も、酒精が体に染み渡る心地も、全て味わっているかのような所作です。

酒を呑むとはこういうものなのでしょう。

一般的な大学生より嗜める自負はありますが、まだまだこの姿には程遠いです。

私は祖母が口を開くまで見惚れていました。

「それより、二人はなんでこの寒いのに縁側なんかで飲んでいるんだい？」

「だってほら、まほろばの夜は空が綺麗じゃないですか」

こちらに入り浸ってまだ二ヶ月も経っていない私としては、その全てが新鮮です。

特にまほろばの夜は危ないと言われて最近まで許されていなかったので、この時間に対しては余計に興味が尽きません。

見上げてみると、あやかし診療所を囲う森の上空には不思議なものがいました。

平安時代辺りの被衣《かつぎ》を羽織ったように見える大小四人ほどの人型と、四足歩行の何かが宙を歩いているのです。

彼らの身は淡い光を放っており、足を踏み出すと宙に光の波紋が広がります。その光は広がりきると形が崩れ、光の粒子として地上に落ちていきました。

空に浮かぶ月と星に、彼らが作る煌《きら》めき。

幻想的な空が二つも広がっているのです。これを見ずして夜を過ごすなんてありえません。

「ああ、祀らいなき神様たちだね」

「はい。夜にまほろばのあちこちに現れるけれど、絶対に話しかけちゃいけない相手ですよね」

「そうだよ。あれらは触らぬ神に祟りなしという言葉の通り、本当に何があるかわからない相手だからね。つららたちにだってあれが何なのかわからないだろう？」

祖母が問いかけると、つららさんはおどおどした様子で頷きます。

「わかりませんね。私たちの街にもふらりといらっしゃることがあるんですけど、妙に圧を感じるんですぅ。みぃんな、視線も合わさず口も開かず、去ってくれるのを待ちます」

「圧、ですか」

そういえばつららさんは今もどこかぎこちない様子で、あの神様たちをあまり視界に入れようとしません。危ないから避けているというより、生理的に避けているようにも見えます。

何とも不思議ですね。

言質を取った祖母は頷いていました。

「そういうものなんだよ。だからこそ私は、あれが本当の神様なんじゃないかと思うね」

「本当の神様？　神様に本物も偽物もないような気がしますけど」

世の中、神様はたくさんいます。

ケルト神話、ギリシャ神話の有名どころだけでなく、人があるところには神話と説話があり、その数だけあやかしがいるのです。

それに日本人としては信仰さえあればどんなものでも神様認定してしまうこともあり、祖母の言葉はなんとなく腑に落ちませんでした。

「そうは言うけれど、あやかしはあまりに人が思い描いた通りだし、人の信仰なしには生きられない。それはまるで私たちの想像を誰かが形にしたようだとは思わないかい？」

「そういうものと理解するようにしていたんですけど、変ではありますよね。出来すぎている印象はありました」

「私もそこが引っ掛かっていたんだよ。それにこのまほろばは人が想像する理想郷でもなくて、創造主も知れない。けれど祀らいなき神様という誰も正体を知らない存在はいる。そしてここでならあやかしは人の信仰もなく生きられる。――まるで、実家にでも帰って食わせてもらっているようじゃないかい？」

例えば、人の空想を形にできる本物の神様が祀らいなき神様で、このまほろばは彼らが住む世界。祖母の言葉はそういう解釈でいいのでしょう。

祖母がまほろばで祀らいなき神様を見てから今日までに出した結論です。なるほど、説得力がある話でした。

「つららさん、あちらはご親戚ですか？」

生み落とされた存在に意見を求めるべきでしょう。

祀らいなき神様を指差してみると、つららさんはその指を強引に下ろさせ、髪が遠心力で浮かぶほどに首を振って否定しました。

そんな様に私と祖母は揃って失笑します。

「まあ、起源なんて何でもいいんだよ。どうであれ、あれは人とあやかしをどうこうするものではないんだからね。そうだろう、つらら？」

「そ、そうですねぇ。こちらから手を出さなければ何もしてこない神様だと思いますぅ。……なので、指を向けないでください。絶対に」

つららさんは私を凝視して言うので、手を合わせて謝罪します。

ちなみに、この場所はウカノミタマ様とオオクニヌシ様の加護があるので、祀らいなき神様をはじめとして危険なものが寄ってくることはないそうです。

けれども、念のためということですね。

「というわけでね、むしろ怖いのはあやかしの方さ。あやかしは人に依存している。だから化かすし、かどわかす。小夜が関わっている馬にしても、明日の出張にしても、十分に気を付けるんだよ？」

「おや。小夜ちゃんは何かご用事があるんですかぁ？」

つららさんは乾いた私の盃におかわりを注ごうとしてくれていたのですが、明日という一言で止まります。

ちょうどその話をしに来たのでしょうか。

祖母はイエティを連れ帰った時に読んでいたあの手紙と思しき紙を持ち出します。

まるで金一封のように豪奢な手紙を出してくるのは、神話で語られる方の神様たちくらいです。

「京都のとある寺にいる青龍《せいりゅう》様や狛犬の歯石除去を頼まれているんだよ。まあ、あれだね。一部の動物病院が動物園や水族館の動物も診療するようなもんだ」

「いやいやいやいや、政財界の重鎮にお呼ばれするようなものですよう!?」

面倒くさそうに息を吐く祖母をつららさんは揺さぶります。

確かに神様に対してこんな態度を取るのは、こっそりとでも罰当たりでしょうか。

先程、祀らいなき神様を粗雑に扱った私も人のことは言えなさそうです。祖母共々、信心深さに関しては学び直す必要を感じました。

□

女三人でしばらく飲み、酔い潰れたつららさんとイエティ二頭を診療所の休憩室に案内したところで晩酌はお開きとなりました。

　二頭が立派な抱き枕となってくれるので、寝具なんて必要ないことでしょう。

　もふもふの毛皮に少しばかり嫉妬した私はつららさんの頬を軽くつねってから部屋を後にしました。

　私も寝床に――とはいきません。向かう先は台所です。

　そこで何をするかといえば、夜食作りです。

　冷蔵庫で保存していたご飯に刻んだ大葉とゴマを混ぜ、塩で味を調えます。それを握った後はみりんでペースト状にした味噌を塗り、焦げ目がつくまでじっくりと焼いて完成。香ばしい匂いを立ち上らせる焼きおにぎりは計四つ。

　無論、私のお夜食というわけではありません。それを持って向かうのは二階です。

「縁側から明かりが見えていたんですよね。こんな遅くまで勉強なんて、二人とも頑張り屋さんなんですから」

　もう少しくらい羽を伸ばしてもいいでしょうに。

　そんなことを思いつつも、まっすぐに努力する背中は応援せずにはいられません。

　斑さんはウカノミタマ様のもとに還ってしまったお母さんの代わりに祖母の仕事を継ぐため。そしてもう一人のスタッフ、玉兎くんもまた目指すところがあるのです。

　まずは彼のもとに足を運びます。

「玉兎くん、入ってもいいですか？」

「ん。ああ、小夜？　もしかして夜食でも持ってきてくれた？　ちょうど腹が減っていたんだよ！」

ドアをノックするとすぐに少年が顔を覗かせました。

無邪気に目を輝かせて焼きおにぎりを受け取る風貌は部活上がりの中学生のようです。

アチチとおにぎりをお手玉しながらも慌てるようにかぶりついていました。

そんな彼の勉強机には、祖母が集めている医療系の本や雑誌が積まれています。

「もしかして、明日のためにお勉強ですか？」

「ふぉうふぉう。んぐっ。俺たちってばやっぱり人間と違って物覚えが悪くて。相手は神様だし、変なことをするとオオクニヌシ様に恥をかかせちゃうよ」

「玉兎くんの見た目は人そっくりなのに、違いなんてあるものなんですね」

斑さんのお母さんが神使を務めていたウカノミタマ様は、あやかしを助けるこの診療所の発起人。

その運営を助けるべく薬を扱える神使を遣わしてくれたのがオオクニヌシ様で、この二人が診療所の主な後援者となっているのだとか。

指についた味噌を舐め取った玉兎くんはもう一つのおにぎりに手を伸ばします。

「あやかしは想像が形になった生き物だからなあ。俺たち神使は固定観念が少ないから割とマシだけど、それでも自分から変わろうと思って変われるもんじゃないんだよ。ま、だからこそ努力して変われれば偉大になれるなんて言われているわけだけど」

「神様業界も大変なんですね」

「んんー、まあね。ほら、学問の神様の知名度とかさ、アマテラス様やスサノオ様に比べて、オオクニヌシ様って陰にいる感じだから目立たなくって。家来を育ててご利益を広めないと信仰が減るんだよ」

「なんだかこう、企業経営やタレント業みたいに思えてきちゃいますね」

「あはは。似てる似てる！」

フランクに答えてくれる彼はまだまだ神の使いという威厳には遠そうです。

そうして談笑している時、私はふと気付きました。

彼の名前はあの『玉兎』なのです。

竹取物語に関わる不老不死の薬も、もとはといえば月の兎――玉兎が作ったという話ではなかったでしょうか。

「玉兎くんに一つ質問をしてもいいですか？」

「ん、なになに？」

小動物のようにおにぎりを頬に溜めて咀嚼していた彼は一気に飲み下して向き合ってくれます。

胡坐《あぐら》を掻いた体勢で、ひょこひょこと左右に揺れて。本当に無邪気な少年的な様子からは想像できませんが、これでも祖母より年長だそうです。きっと専門分野の知識は深いことでしょう。

「玉兎という名前ですし、竹取物語に出てくる不老不死の薬にも詳しいかと思いまして」

「ああ、小夜が『富士の不死』の調査で黄泉返り的な噂を聞いているって話ね」

「はい。何かわかることはありませんか？」

問いかけてみると、彼は腕を組んで唸ります。

「ないなぁ。そもそも俺の玉兎って名前も、他人への献身のために火に身投げした兎にちなんでつけられただけだし。そんくらい努力して徳を積んで、立派になれってお達しね。ほら、人が善行を積み続けると英雄とか聖人認定されるのと同じ。そういう箔がつくと俺たちの力は増すんだよ」

大本は仏教に繋がりがあるとされる月の兎の説話には聞き覚えがあります。

玉兎くんの言葉通り、神様は尽くしてくれたウサギを褒めたたえ、その献身を後世に伝えるためにも月に昇らせたというお話でした。

そんな由来があるから仏教圏では月の模様をウサギと捉えることが多く、中国では彼らが不老不死の薬の素を杵《きね》でついていると見ているのだとか。

くん付けでは呼ぶものの、私は彼の言葉を正座で謹聴します。

「なるほど。見知った話ではないってことですね」

「そうだけど、不老不死の薬じゃ人は黄泉返らないし、黄泉返りなんてそれこそ誰しもが聞き覚えのある説話とか神話レベルの話だし。地方の噂なんて、木っ端妖怪にできることが精々だと思うけどなぁ」

「そうですよね。双子の兄弟が亡くなって残された方が墓参りに来たって、第三者には黄泉返りに見えかねないですもんね」

「そーそー。頭の片隅に置いてもいいけど、大体は杞憂だよ。変身とか幻術はあやかしにとって一般的な芸だしね。死人が黄泉返ったテーマの作品でも参考にする？」

玉兎くんはそう言って小棚に並べられた映画を物色します。

彼はこういう映画が趣味らしく、アカデミー賞受賞作品やB級映画などの購入をお願いされたことが何度かありました。

「ありがとうございます。ここで働けるようにしっかりと正体を見極めてきますね」

「うん、頑張って。小夜がいると美船先生の機嫌もいいし、斑もやる気が出ているからね。もちろん俺も仕事が楽になるし、嬉しいよ！」

「玉兎くんは本当に褒め上手ですね」

「事実は事実だってば」

お世辞ではないと拗ねたような振りで主張してくれます。

さて、焼きおにぎりが冷めてはもったいないです。話は早めに切り上げ、斑さんの部屋へと足を向けます。

「おっと、小夜。もう一つ！」

「はい？　おかわりまでは用意していませんけど」

「そうじゃないよ。味噌が香ばしくて凄く好みな味だった。また作って！」

「じゃあ、また頑張っている時に差し入れしますね」

にひりと無邪気に笑い、率直にこういう言葉を出せるのは本当に美徳です。こうしてもらえるなら求められずとも差し入れてしまいますね。

斑さんの部屋はその隣に位置しています。

こんこんとノックをしてみても返事はありません。

ドア下から光が漏れていることからして、きちんとした形で就寝してはないでしょう。私は極力音を立てないようにドアノブを回し、忍び足で部屋に入ります。

やはり斑さんは机で居眠りをしていました。

並べてある資料からして講習会の復習をしていたのでしょう。しかしながら姿勢は辛い環境ということもあり、途中で電池切れになることが多いのです。

こんな時のために――いえ。一緒に勉強するために置かせてもらっている折り畳み椅子を引っ張り出して寝顔を眺めます。

狐の神使と人のハーフ。つまりは妖狐に近いわけで、その中性的で端正な顔立ちには惚れ惚れします。

この顔を素朴な笑顔くらいにしか使っていないのだから、もったいないことでしょう。だから私くらいは堪能するとします。気取るでもなく、素朴でもなく。他人が見たことのない表情を引き出してみたくなるのは、好奇心というほかありません。

「……というわけで焼きおにぎりさんの出番ですね」

ほら。寝ている犬の前にジャーキーを置くとハッと目覚めて食べる的なアレです。彼はどんな反応を見せるでしょうか？

香り豊かな焼きおにぎりを彼の寝顔の傍に置いてみます。

すると眉が微かに動きました。呼吸のリズムも少しばかり変わります。

けれども惜しいことに目を覚ますには至りませんでした。やはり人と動物では嗅覚や食欲の差が大きいのでしょう。

斑さんがこれから起きるでも、眠ったままでも構いません。その名前の由来となった白と黒が入り交じる髪を撫でて待ちます。

すると、数分もしないうちに彼の目がぱちりと開きました。

「……小夜ちゃん。これは一体何の儀式かな」

「儀式なんてそんな大層なものじゃないですよ。そうですね、食欲と睡眠欲のどちらが勝るか試してみた的なものです」

「お夜食ってわけだね。それはそれでありがたいよ」

眼前に置いていた結果でしょうか。斑さんのお腹はタイミングよく鳴って自己主張します。

私の手料理が無事に食欲を掻き立てた証拠ですね。彼の気恥ずかしそうな表情も含め、こちらこそごちそうさまでしたと言いたくなります。

「じゃあ遠慮なく頂きます」

「はい。若干冷めちゃいましたけどまだ温かいはずです」

割ればまだ十分に湯気が出るくらいには熱があったようです。

ほふほふと冷ましながら食べる様を眺めていると、その食指は徐々に鈍り、少し顔を赤らめられました。

自分の作った料理を美味しそうに食べてくれている様もまた報酬なわけですが、流石に控えましょう。

そういえば小さい頃、母と祖母も私が食べる様を見て満足そうにしていたのを思い出しました。

反応が楽しみとはいえ、当人としては食べにくくなるものですよね。

「ところで、もうどっぷりと夜なんだけど、小夜ちゃんはまたお酒を飲んだね？」

「つららさんへの頼みごとを円滑にするために致し方なく……」

よよよと泣くように顔を背けてみると、ジト目が横顔にちくちくと刺さるのを感じました。

「君はそう言って堪能する子だよね」

「楽しめる時は楽しまないと損じゃないですか。それに、明日は早いのでこちらに泊まると家に伝えてあります」

「新幹線で行くわけじゃないからそんな大げさに備えなくてもいいんだけどね」

「そこに敢えて予定をねじ込むことで実行に移すわけです」

「信が言った通り、多少の面倒だと押し通して、結果論で語っているね」

「この程度はかわいいものではないですか？　それに、ダメならダメとすぐに指摘できる状況です」

「確かに僕らが過保護すぎるっていうのもあるね」

熱血ヒーローの無茶とは違う点は認めてくれているのでしょう。斑さんは深く頷いてくれました。

それはさておき、先程の移動の話です。

甲府から京都まで普通の手段で行けばそれなりにかかったでしょうが、これは神様からのお呼ばれ。我が家からこのまほろばまで次元を跨いだように、移動するならば一瞬で終わる手段があります。

ふむ。

もしかすると、その大掛かりな転移の下準備による変化が祀らいなき神様を呼んだのかもしれません。その辺りは少し興味深いところですね。

などと考えを巡らせていたところ、斑さんは完食しました。

「ごちそうさまでした。今日のおにぎりも美味しかったよ」

彼は勉強材料を再び手に取ります。

「まだ復習を続けるんですか？」

「そうだね。一応、本と照らし合わせて理解したい部分がまだ残っているから」

「では私はお盆を片付けて寝床を探すとしましょう。斑さん、何なら小さい時みたいに一緒に寝ますか？」

私が幼稚園児くらいの時は祖母も家族も、斑さんのお母さんや病院スタッフも一緒に庭でバーベキューをしたものです。

大人たちが談笑する中、早く眠気に襲われた私に付き添って兄と斑さんも一緒に川の字で寝た記憶があります。

まあ、今さら兄の隣で寝る気はないですが、美しき思い出ですね。

そういうものを修学旅行の夜のように語り明かす夜も乙なものです。

「こらこら。年頃の女の子がそういうのはあまりよくないよ」

「何を言いますか。十八歳から一人暮らしをする女子大生に比べれば自宅生の私は貞淑そのものですよ。サークル活動、アルバイトもなく、ここに入り浸っているわけですし」

大学入学からしばらくして彼氏ができる。

そして、借りているはずの家はほとんど物置状態で、彼氏の家で同棲という知人も幾人かいました。

そんな大学生は斑さんも想像できたのでしょう。反論は勢いが弱ります。

「そうだね。でも、入り浸りすぎというのもよくないと思うんだ。特に今はまだ、ね」

「……なるほど」

恥ずかしがるとか、嫌がるならまだわかります。けれどもどこか後ろめたそうに距離を置こうとするこの顔には覚えがありました。

私がセンリに憑りつかれてから、祖母がまほろばに移ると決めるまでの間のこと。

優しいお兄さんだった斑さんはこうしてよそよそしくなったのです。

それが寂しくて困惑していた私を待っていたのは、祖母と斑さんの失踪でした。

もうあんな事件を起こさないため、二人はどことも知れない場所に行ってしまった。そんな話を後から聞かされたのです。

「つまりアレですね。私がおばあちゃんの課題をクリアできなくて出禁にされた時のため、未練になりそうなことはしない方針ということですか」

「うっ。今の一瞬でどうしてそこまで伝わるのか不思議だよ」

「それはまあ、見覚えがありましたからね。おばあちゃんと斑さんがいなくなる前にどういう予兆があったのか、考える時間はたっぷりあったんです」

当時は小学生になったばかりだったわけで、全てを説明するわけにもいかなかったでしょう。

けれども動物病院でみんなが勤務していたり、兄も高校生になって忙しくなる時期だったりと、誰も傍にいない時間が急に増えたのです。

それはもう、何度も記憶を反復して意味を探しましたとも。

ぎこちない表情の斑さんに私は意地の悪い顔を向けます。

「今はまだということですし、言質を取らせてもらいましょう。つまり、私が正規採用になればいろいろと解禁というわけですね？」

「確かにそういう胸の内があるのは確かだよ。だけど、小夜ちゃん。解禁って言葉選びはどうなんだろうか」

「斑さん、私たちはもう大人ですよ？　そんなことでは私とミケさんとつららさんの女子トークを聞いた日には卒倒します」

「卒倒……」

今はまだということは、これから先もあるということです。

どうやって捉えているのか探りを入れる言葉選びくらいは許されたっていいでしょう。密かな希望で言えば、優しいお兄さんという立ち位置から変わることでしょうか。その辺りの考えは改めてほしいところです。

まあ、あまりやりすぎても取らぬ狸の皮算用でしょう。本日はここまでです。

お盆を持った私は斑さんの部屋を出ます。

すると、廊下の中央――それも祖母の部屋の近くにセンリがぽてっと落ちていることに気付きました。

一階に行くために跨いで通ろうものなら足に食らいついてきそうな気配があります。

寝床は祖母の部屋か、つららさんを放り込んだ一階の休憩室になるわけで。

イエティ親子を毛嫌いするセンリからすれば、通したくないのはわかります。

わかるのですが、一つ問題がありました。

「センリ、お盆を片付けるのだけ許してもらえません？」

ふて寝したまま耳だけピンと反応させる守護霊様に、私は願い奉るのでした。

□

さて翌日。とある寺のあやかしから出張依頼を受けた歯石除去の日です。

歯周病や歯石除去といえば人間でもよく取り沙汰されます。

すぐに命にかかわる事態ではなくても、長い年月をかけて確実に影響がある――つまりガンなどと同じく長生きするからこそ問題になるものです。

基本的に寿命が長いあやかしにとってもそれは例外ではありません。

人前で威光を振りかざす存在の歯がボロボロとか、口が臭いなんてイメージダウン不可避なので全国津々浦々、割と需要があったりします。

「うわぁ、これはまた凄いお出迎えですね」

「大名行列の規模で力を誇示したのと似たようなもんだよ」

早朝、歯石除去の器具をまとめて準備したところ、お呼ばれしている寺からの使者が時間より少し早めに到着しました。

彼らは古代中国式の風体で、道士や兵士がずらり。合計で十人ほどでしょうか。錫杖《しゃくじょう》を持った仮面の道士が一番偉いのか、集団から歩み出てきます。

その人物は右手の拳を左手で包み、礼を示してきました。

「主のもとまでご案内申し上げる」

道士は言葉少なに告げると円形の隊列に並び直し、中央へどうぞとでも言うように手で示してきました。

「忘れ物はないね？」

祖母の言葉にそれぞれ手荷物を確認して頷きで返し、斑さん、玉兎くんも含めて隊列の中央に入れてもらいます。

準備が整いました。

道士が錫杖をしゃんと鳴らすと付き添いは円を狭め、一斉にぼそぼそと呪文を口ずさみます。

これはまさに魔法を唱えるような気配です。

程なく吹いた風によって木の葉が舞い上げられ、視界を埋め尽くされました。

そして、それが吹き去るなり風景が一変します。私たちを出迎えてくれるのは時代劇のような街並みでした。

そこは大通りなのでしょう。下手な車道より広く真っ直ぐな砂利道が延びています。

街並みこそ古風ですが、碁盤の目状に配列された道路模様には京都の様式が強く感じられました。

江戸と京都といえば怪談の中心地。

有名な神社仏閣がたくさんあるだけにネズミやウシにトラ、果ては龍といったあやかしの姿も多くありました。

動物らしい四足歩行だったり、人じみた衣装で二足歩行だったり――。

神意を代行するという神使たちは様々な姿です。

「小夜。目移りは後にしな」

声をかけられ、私は我に返りました。祖母は錫杖を持った道士の先導についていこうとしています。

見れば配下らしき道士たちは拳を握った形でお辞儀したまま動こうとしません。私たち客人が動かないと彼らはずっとこのままのようです。

率先して歩く祖母はともかく、斑さん、玉兎くんは私が遅れないように待ってくれていたので早足で追いかけます。

立派に舗装された坂を進んでいくと、件の寺が見えてきました。

ここは娑婆でも有名なお寺です。

記憶の姿、配色と違うのは、きっとこの地が作られた当時や人々の理想の姿を反映しているからなのでしょう。

境内では案内役以外の道士や神使が一様に頭を下げており、国賓のような歓迎ムードが漂っています。

厳かに口が閉ざされ、静まり返った敷地を進んでいくと巨大な建物に行き着きました。

ご神体を祀り、お経を読み上げたりするのに使う一般的な本堂とはわけが違います。

言うなれば神殿でしょうか。

太い木の柱が並び、一般家屋より高い屋根を支えています。

後ろについてきていた道士は入り口で足を止めましたが、私たちは先導者の後に続いて施設内に入りました。

「奥へ参られよ」

錫杖の道士は階段の前でお辞儀をすると端に控えました。

今まで歩いてきたのも普通のお寺なら本堂ほどの高さがあったのですが、この先こそがメインフロアのようです。

すぅ、はぁと緊張緩和の深呼吸をしているのは玉兎くんでした。

診療所のお仕事なので全員同じスクラブを着ているわけですが、毛の取り残しや皺を気にしています。

祖母と斑さんに関しては慣れた様子で、私もそれに倣って後を歩きました。

その空間は何とも広々としています。

広さと柱の存在感は首都圏の地下放水路並みでしょう。巨大な屋根を支えるために据えられた大木の柱がいくつも立ち並んでいました。

そんな異様な広さが必要とされる理由は目の前にいます。

「ぐるるる……」

単なる吐息が唸りに聞こえるほどの龍がそこにいました。

長大な体躯は柱の間を縫ってもなお余り、鎌首をもたげてこちらを見つめています。全身を覆う浅葱色《あさぎいろ》の鱗に、獅子より立派なたてがみ。鋭く天に向かって立つ鹿角。まさに東洋の龍らしい姿です。

「遠路はるばるおこしやす。わざわざ人を払っているさかい、作法は気にせんでええよ」

あまりに大きな青龍に気を取られ、傍にいる存在が目に映っていませんでした。

そこにいるのは肌が少しだけ黒めで、オリエンタルな雰囲気のある女性です。

着物をはだけ気味に着ている姿は煩悩を払う仏閣の印象に反して妖艶で、踊り子などの魅惑的な衣装の方がよほど似合いそうに感じられました。

この場にいるからには、もちろん特別な存在です。

単に意識として察するだけではありません。

獣のような鋭さを感じさせる視線を向けられた瞬間、心が竦みかけるほどに彼女は本物の空気をまとっていました。

「ご配慮ありがとうございます、夜叉神《やしゃじん》様。かねてからのお話通り、私どもは青龍様の歯の処置をした後、境内の神使の処置もさせていただきます」

「もう、気にせんでええよって言うに祝部《はふりべ》はいけずやねえ。そっちの神使二人はともかく、後ろのかいらしい子はどちらさん？」

祝部――神様に奉仕する人の呼称ですね。

神社をまとめる宮司《ぐうじ》でも、神様に祈祷を捧げる禰宜《ねぎ》でもない。だからこその呼び名なのでしょう。

「私の孫です」

「おや。娘も連れてこないのに孫とは」

気圧されていた私は祖母の視線に当てられ、慌てて頭を下げました。

目の前にいるのが青龍と夜叉神なのでしょう。

この青龍様は観音様の化身で、夜叉神様はそれを守るお役目。そして彼女は人の悪縁を断ち、良縁を結ぶとされる神でもあるとか。

一般的なあやかしは見てきましたが、神様と言われる相手との対面は私としても初めてになります。事前説明が頭から抜け落ちるところでした。

反省、反省と思いつつ、顔を上げます。

――すると夜叉神様の顔が目の前にありました。

教室の端と端ほど距離があったのに、いつの間に歩み寄ったのでしょう。

驚きの声は何とか噛み潰しましたが、心臓が止まるかと思いました。

「なるほど。確かにあんたさんとの縁が深い」

夜叉神は悪戯っぽく笑みを深めました。

なるほど、これはわざと驚かせようとしたのでしょう。そういうお茶目なところはあやかしらしくも思えます。

けれどもこの事態を前に、私の影はざわつきました。

「おっと」

影が猛烈に噴き出すと、蛇のように私を取り巻いて夜叉神様を睨みます。

我が家にいた様々な動物霊がセンリという形になったからなのか、咄嗟の事態には割と不定形になることが多いのです。

相手が普通の存在ではないことは理解しているのでしょう。

シャーッと明らかな威嚇を示すとまではいきませんが、おもちゃやおやつを取られまいとする時のように、声色高めの唸りを向けています。

寸前に飛び退いてみせたこといい、夜叉神様にはセンリが見えているのでしょう。ふふと楽しげに口元を緩めて私たちを見つめていました。

彼女は楽しげではあるものの、あまりよろしい事態とは言えません。同じくセンリが見える玉兎くんが青ざめているのが良い証拠です。

「ああっ!?　こら、センリ！　す、すみません」

一歩出遅れた私はセンリを抱えて宥めましたが、お偉いさんに対してこんな唸りなんて警備員に取り押さえられそうな事態です。

私と玉兎くんの様子で、祖母と斑さんも事態を察したようです。

この状況に嫌な汗が額にじっとりと浮かび、息が詰まりました。

「ぐるるる……」

けれど、そんな雰囲気も青龍様が取りなしてくれました。

人の身丈ほどにもなるその顔を、私たちの目の前に下ろしたのです。それはここまでという線引きにも等しかったかもしれません。

「観音さん、堪忍ねえ。お嬢ちゃんに絡みついている強い縁、どうしても見とうなったんよ」

完全に砕けた表情で手を合わせた夜叉神様はことさら大きな歩幅で後退します。もうこれ以上はおふざけを挟まないという主張なのでしょう。

距離が開いたこともあって、彼女は大きな身振りを交えて声を発します。

「あんたらも気にせんでええよ。その子は元悪霊でも、今はお嬢ちゃんを大事にしはっているようやし。そんな健気を咎める気はないし、悪いもんがくるりと裏返ったたっちゅうのは悪鬼が仏教に帰依して善神になった夜叉も同じやからねえ」

夜叉神様は「感心、感心」と笑っています。それは作り笑いなどではなく、良いものを見たと満足した様子でした。

つまり言葉通り、お咎めなしということなのでしょう。

それを表すように青龍様は口をがぱりと開きました。

この話は終わり。

続けて歯石除去をしてしまえという無言の圧力を感じます。

「それじゃあ、始めさせてもらおうかね」

祖母は緊張の一息を吐くと私たちに目配せしました。

こうなると後は診療所での働きと同じです。

いかに動揺や緊張が押し寄せようと、処置開始ともなれば感情をひとまず置きざりにして集中することが身に染みついています。

てきぱきと器具を準備していると、夜叉神様はふわりと宙に浮いて観察にやってきました。

「それで、いつも何をしはるんやっけ？」

「歯磨きについてはご存じの通り。その磨き残しから増えた細菌は半日から一日程度で歯肉に炎症を起こしますし、犬なら四日前後で歯石になります。特に歯茎の溝はブラシでは磨ききれないので歯石と細菌が溜まりやすくなっているわけです。よって私たちはそれを削り、さらに研磨剤で表面の傷も磨き直して歯垢が付きにくくするのです」

祖母が説明するように、歯石除去の概要はそんなところです。

診療所や芹崎動物病院などからかき集めてきた歯石除去用の器具――超音波スケーラーは計四つ。私たちがそれぞれ手にします。

なにせ青龍様は大きいのです。

口吻だけでも腰くらいの高さがあるので、一人作業では終わりません。

私は玉兎くんと並んで右側担当です。

（あ、意外に柔らかいですね）

ワニの口みたく細かい鱗が覆い、いかにも硬い口唇かと思いきや、内側はそうでもありません。大型犬の黒くてふよふよした唇と似たものがあり、厚みもありました。

歯の側面や歯茎の溝についた歯石をスケーラーで削りつつ、邪魔になる時は手で押し避けました。

ゴム手袋越しに体温を感じるし、吐息は髪を揺らします。

カバの歯磨きをしても、これほどの臨場感はないでしょう。

動物園でも味わえない体験を密かに楽しみながら作業をしていると、夜叉神様は無重力さながら宙に漂いながら観察してきます。

四人の周囲をぐるりと眺めて回った結果、寄り付いたのは玉兎くんのところでした。

「あらあら、神使の坊主。惚れ惚れする手際やねぇ。観音さんの血ぃ見る機会なんてそうそうあらへんし、ええもん見せてもろたわぁ」

京都らしい表現が出ました。

褒めたと見せかけて真逆の内容なので、聞いている私の胃まで痛くなりそうです。

ちらと見るに、夜叉神様はいじって遊ぼうとしているだけのようですが、災難に見舞われた玉兎くんには同情します。

あの緊張具合ではどうでしょう？

祖母たちは反対側ですし、場合によっては私が助け舟を出すことも考えなければなりません。

そんなことを思っていたところ、深呼吸の音が聞こえました。

「この処置だけで血が出るってことは普段から歯茎に炎症が起こっていて血管が破れやすくなっていたんだと思います。美船先生が言った通り、磨き残しが炎症のもとです。口の内側が特に悪いのは、お世話をする人が青龍様に遠慮して磨きが疎かになった結果じゃないでしょうか」

私の思いは杞憂でした。

昨日の頑張りの成果もあったのでしょう。玉兎くんはこれに至った原因まで考察して返答します。

その答えを聞いた夜叉神様はきょとんと目を丸くし、微笑みに転じました。

「ほう？　それなら下のもんに遠慮せんと磨けとようく言いつけておくわ」

きっとこれが最大限の賛辞だったのでしょう。

満足した様子の夜叉神様は床に降り立つと、あとは静かに事を見守りました。

□

歯石を削り、グラインダーのような特製の研磨機と研磨剤で磨けば、歯石除去の作業は終わりです。

締めて三十分ほどの作業だったでしょうか。青龍様の体が大きいだけに、犬猫に比べると長くかかってしまいました。

「はい、おおきに。観音さんも口が爽やかになったって喜んではるわ。あやかし診療所さんはええ子らを抱えて、流石やねえ」

「もったいないお言葉です」

「あとは狛犬の子らをよろしゅう。私らはここまでだけど礼はたぁんと弾むさかい、楽しみにしとき」

これで予定の第一段階は終了です。

あとは道士さんと合流して、狛犬の歯石除去をするという予定でした。

狛犬は石に変化できる和製ガーゴイルとでも言えるあやかしなので、治療風景は動物病院と変わりません。

けれども夜叉神様はここで何故か私にじっと視線を向けてきます。

「えっと……。私に何かありますか？」

「さっき言った通り、お礼の上乗せせやよ。私は縁の神様やし、大事な孫娘に悪いものがつかないか見て欲しいと頼まれたんよ」

「そういうわけだよ。またとない機会だ。見てもらっておきな」

そんな配慮までされているとは初耳です。

診療所で働くための課題を無事に済ませられるか、祖母も常々心配してくれていたのは感じていました。

そこへ神頼みまで交えてくるとは予想外の配慮です。

ふわりと飛ぶように私の前に近寄った夜叉神様はその目で見つめてきます。

ほう。ほう。ほう？　と。

体の底まで見透かされるような視線に耐えていると、夜叉神様はしきりに頷きます。

「こりゃあまた、ぎょうさんな縁に結びつかれてはる。うん。ひとまず気になるのは、この鎖みたいな縁やわ」

センリをはじめとして、幽霊の類が見えやすい私の目でも見えない何かがあるのでしょうか。

夜叉神様は摘まみ上げる仕草を見せます。

「鎖、ですか？」

「せやねえ。そんなにあんたさんを縛りつけているわけではないんやけど、全く触れないわけでもない。するりと抜けられるかも知らんし、ともすればあんたが傷つくこともあるかもしれん縁。切ってもええんやけど、どないする？」

両の指先で引っ張るような仕草です。

悪縁、良縁がどれほどの強度なのかはわかりませんが、この神様からすれば紙テープのようにぷつりと切ってもおかしくないように思えました。

薄笑いで、私を試すかのような顔つきです。

（いえ、実際そうかもしれないですね）

さっきの玉兎くんだってそうでした。

それに鎖みたいな縁と称しているのが引っかかります。

私が調査しようとしている『鉄鎖の化け物』と関係ないとは思えません。

昨日、祖母は言いました。

『あやかしは人に依存している。だから化かすし、かどわかす』と。

夜叉神様にどういう思惑があるのかはわかりませんが、これから関わろうという縁を切られたら困ります。

「その申し出はありがたいんですけど、それを自分の力で安全に解明するのがあやかし診療所で働く条件になっているんです。だから切らないでもらえた方が嬉しいです」

「ふふふ。流石は祝部の孫。勇ましいとこはようく似てはるわ。気張って歩いて転ばんとええね」

彼女は愉快そうに笑います。

けれど彼女は一転。さも悩んだ様子で眉をハの字に寄せました。

それがよほどのものとでも言いたいのか、ぐるぐると宙を回転しながら唸っています。

「しかしなぁ、何もせんのは神の名折れ。手土産でも渡そか」

幅広の袖に手を突っ込み、あれでもないこれでもないと手探りをしています。

途中、独鈷《とっこ》やハンドベルのような金色の仏具が出てくることもあったのですが、丁重にお断りしておきました。

斑さんや玉兎くんの表情の変化を尺度とすると、物騒な代物に思えたからです。

はい。私でさえ見覚えのある神様の道具なんてきっと相当な品でしょう。

私はあやかし診療所で働きたいだけ。アーサー王みたく聖剣を引き抜く度胸なんてありません。

「えぇ……。流石にこう、無欲もよくあらへんよ？」

あれもこれも断っていくと、なんだか金の斧と銀の斧の女神様を相手にしている気分になってきました。

ここまで来ると彼女も冗談抜きで頭を悩ませ始めた様子です。

「封を解いたら、その人が欲する縁を結んでくれる紐。これなら大したこともないし、ええやろう？」

「わかりました。じゃあそれを頂きます」

全て断るのは気が引けますし、この辺りが落としどころでしょう。

夜叉神様がくれたのは傍目には普通に見える組紐です。

三つに折って小さくまとめられているのを、印字された紙が留めていました。

「では、私たちはこれにて」

祖母が代表して挨拶した後、私たちはその場を離れました。

夜叉神様はひらひらと手を振ってくれて、とても友好的です。青龍様も穏やかに見つめて見送ってくれました。

緊張の舞台はこれにて終了です。

為し遂げた玉兎くんなんて、口から魂を放出していました。

労《ねぎら》いの言葉でもかけてあげたいところですが、ここはまだまだ神聖な場所。階段前で待ってくれていた道士も非常に厳かな様子なので私語はできません。

その案内に続いて静かに移動します。

来た道を戻り、境内の入り口付近に配置された事務所——大講堂の一角が目的地です。

そこを間借りしてこれから狛犬たちの歯石除去が始まります。

「美船先生、では僕たちは外で作業をしてきます」

「ああ、任せたよ」

斑さんと玉兎くんは青龍様に使った器具を持って外に移動しました。

今日はこの寺院の狛犬の治療中心なのですが、そこに便乗して処置してもらおうという神使やあやかしもいるのです。

特に体が大きくて入れないあやかしもいるので、一部作業は外の特設会場でやることになっています。

「小夜、ここからは一人の作業だよ。ちゃんとできるね？」

「はい、もちろんです」

「超音波スケーラーを使うときの注意点は？」

「同じ歯に何秒も当て続けると超音波で発生した熱で歯の神経を傷めてしまうことですね。

青龍様の大きな歯とは勝手が違います」

「そうだね。まあ、言葉も通じる相手だし、それさえ注意すれば問題は起こらないよ。麻酔管理もないし、普通の動物相手よりよっぽど楽な話さ」

動物病院業界での苦労が思い出されたのか、祖母はため息を吐きます。

「人と動物とあやかし。治療の基準が全く違いそうな話ですね」

「玉ねぎやキシリトールみたいに毒になる食べ物に関しちゃ違うけどね、同じ生き物なんだからそこまでの差はないよ。歯や心臓、関節なんて良い例で、人間基準の治療ができるならそれに越したことはない。ただ、動物の場合、人間レベルでやろうとすると飼い主の財布がもたないから妥協が入っているだけでね」

「心臓が悪くなったら薬を飲んだり、関節なら人工関節を付けたりって話ですか？」

岸本さんを思い出して口にすると、祖母は頷きます。

薬や酸素吸入の装置など、確かにそれなしでは延命が難しいでしょう。けれども動物なら費用的に難しいからと妥協するのも想像できました。

「歯が歯石で覆い尽くされ、歯肉から膿が出ているとか、その影響で全身がだるくなっているとかね。もっと悪化して上顎の骨が融けて、鼻や頬まで貫通したりとか、とんでもない状態のがいるものでねえ」

今まで一度も動物病院に連れてきたことがない犬だと、そんなケースもあるのだとか。

確かに人ではほぼありえない事態でしょう。

「それでも最低限の費用で、できるだけの処置希望なんてのもあるんだよ。……まあ、人の残飯を食べさせて、野外で飼うからフィラリアにもかかって若いうちに死んだ時代に比べれば進歩はしているよ。……小夜、聞いているかい？」

「あ、ごめんなさい。別のことを考えていました」

「ただのぼやきみたいなことだから構いやしないよ。それで、何を考えていたんだい？」

「『富士の不死』に関する調査で会った岸本さんと馬のことです。岸本さん自身が心臓病を患っているようですし、馬の世話もお金がかかることなので……」

心臓やお金については今まさに話題にしていたところです。

祖母は納得した様子でした。

「同情するのはわかるけど、抱え込める限界はあるものだよ。今回、夜叉神様にもらった組紐についても過信して頼るのはおよし」

「その人が欲する縁を結んでくれるとか言っていましたよね。それこそクモの糸みたいに頼り過ぎたら切れるって意味ですか？」

なにせ見かけは紐です。いくら神様にもらったとはいえ、そんなに大それたことができるようには見えません。

祖母もそういう点を忠告したいのでしょうか。

「いいや。相手は悪縁と良縁を司る神様だからね、口にした通り望む縁は繋いでくれるんだろうさ。例えば小夜が大学で暴漢に襲われたとして、紐に頼ればきっと助けてくれる人が現れるよ。でも、何かの噂を追って深夜に曰く付きの場所を歩いているようなときだったら、知り合いが居合わせるなんて線はなくなるだろうね」

「じゃあ、あれですね。神様が現れて助けてくれる的なお話！」

冗談めかして呟いてみるとどうでしょう。

意外なことに祖母は頷きました。

「まさにそういうことだと思うよ。ほら、困っていた人を神様が助けて、その素晴らしさに感銘を受けて改宗する話なんていくらでもある。助けてくれる存在に結び合わせてくれるとして、助ける対価がどうなるかまでは言っていなかった。相手が神様で気に入られたからこそ、手の上で転がされることには気を付けないといけないよ」

祖母は真剣に釘を刺してきます。

その様子で理解できました。これこそ『あやかしは人に依存している。だから化かすし、かどわかす』と語った実例なのでしょう。

「……なるほど。そういう流れまでは想像もしていなかったですね。気を付けます」

「まあ、相手は善良な神様だからね。間違っても、こういうところでしばらくご奉公すれば笑って解放してくれるだろうさ」

じゃあどうしてこの時期、このタイミングにそんな神様のもとに連れてきたのでしょうか。

私は想像を巡らせながら、狛犬の歯石除去の準備を進める祖母の姿を見ます。

「やっぱりおばあちゃん、心配をしてくれているんですね」

「そりゃあ孫娘をそう何度も危ない目に遭わせたくないからね。けれど安全だからって鳥かごに入れっぱなしもあんまりじゃないか。だからこそだよ」

「ふふ。何かこう、大切にされている実感ってものはくすぐったいですね」

「確かに面と向かって言うもんじゃないねえ」

少しばかり気恥ずかしさでもあるのでしょうか。

祖母は私にわざと背を向けがちになって作業をしています。

「おばあちゃん、私もですよ。私もおばあちゃんを大切にしたくて頑張るので、見ていてください」

「何を言っているんだか。あんたの場合、他にもたくさんあるだろう?」

「そっちもそうですね。普段は触れ合えない動物との関わりや恋路とか、この際だから楽しめるものは全部ひっくるめて頂きます。全部が手放しがたいからこそ、周到になるってものです」

「我が孫ながら貪欲なものだよ」

と、話しているうちに準備が整い、狛犬もやってきました。

祖母と頷き合ってここからは仕事モードです。

春の健康診断並みに列を成すほどやってきたら恐ろしいですが、狛犬は一つの寺院で十頭もいません。

一緒に処置をする神使を合わせても一人五頭も処置すれば終わりでしょう。

犬と獅子の中間のような狛犬が私の前にお座りします。

「はーい、あーんしてください。痛かったら前脚を上げてくださいね」

小さな椅子を借りて狛犬の側面に座って早速作業開始です。

歯を削るドリルほどではありませんが、超音波スケーラーもまた、押し当てればキュイイイと甲高い音が上がります。

すると、早速ですね。

しばらく耳をパタパタさせて耐えていた狛犬は、限界を訴えるように私の膝にお手をしてきました。

大型のネコ科動物らしい分厚い手が、ぽふぽふと膝をタップしてくるわけです。マスクをしていなければにやけ顔が漏れていたことでしょう。

ともあれ、これは歯髄などにダメージがいっていないかの確認なので中断はしません。

その控えめな主張には、「もうちょっとで終わりますからねー」と返答しておきます。

（そういえば、センリが出てこないですね？）

イエティの肉球や毛皮を堪能していた時なんて即座に反応したくらいです。ユキヒョウはダメで獅子はいいなんて理屈は通らないでしょう。

ふと足元の影に目を向けると、状況がよくわかりました。

私の影からこちらを覗く双眸があります。時々、様子を探るように顔を出しますが、スケーリングの音が上がると消えてしまいました。

これはあれですね。掃除機をかけた時の反応です。

もしかすると狛犬への嫉妬よりも同情の方が勝っているかもしれません。

さて、一頭につき二十分ほどの時間をかけ、二時間もすれば作業が終わりました。

「斑たちはまだ終わってないようだね。手伝いに行こうか。小夜、力仕事になるよ？」

「え。青龍様や狛犬さんたちとやることは変わらないですよね？」

「いいや。外は歯の生え方の様式が違うのも並んでくるからね。ほら、草食獣は歯が伸び続けるだろう？　固い草をたくさん咀嚼すれば形が整うけど、柔らかいものを食べていると摩耗不足で歯が尖ってくるんだよ。それをヤスリで削る作業が主だね」

「わぁ、それは体力勝負ですね……」

言われて納得しました。

そうして尖った歯が頬や舌をこすって口内炎になってしまうそうです。

通常の動物病院でも同じように伸びすぎたウサギの歯をペンチみたいなもので切って調節してあげることがあるそうです。

しかし、人間や大動物サイズともなればそうはいきません。治療風景を思い浮かべ、力仕事という表現に納得します。

外に出てみると、テントと折り畳み椅子などで設置された特設会場に斑さんと玉兎くんの姿がありました。

二人ともすでに疲労困憊という様子で椅子にもたれかかっています。

「おや、もう終わっていたか」

祖母が呟くと、声を耳にした玉兎くんが亡者のように起き上がりました。

「せんせぇーっ、あんなに並ばれると腕がぷるぷるなんだけど!?」

「だから手伝いに来たのに終わらせるのが早かったね。流石の男手だよ」

どれだけきつかったのか見せたいのでしょう。玉兎くんが上げた両腕はかわいそうなくらいに震えています。

「よくやってくれたよ。今日はもう診療はないからゆっくり休むといい。あとはそうだね、折角ここまで来たんだ。ソバでも食べて帰ろうじゃないか」

「あっ、それはいいですね！」

現代でも老舗ソバ屋が多く残ると聞きますし、このあやかしの世界でも有名どころはあるのでしょう。伝統的な味が楽しめるかも――そんなことを思っていたところ、無言の圧力を感じました。

見れば、玉兎くんはぷるぷると震える両腕を上げたまま、こちらを見つめています。

「箸を持てなかった時はあーんをしてあげますね……？」

物言いたげだった彼は深くは語りません。

ただ一度、こくんと頷くのでした。

第三章　鉄鎖の化け物

青龍様や狛犬の歯石除去から一週間が経過しました。

春休み中でも資料探しで大学に通い、残る時間はあやかし診療所で過ごす私も日曜日くらいはお休みです。

「センリ。そろそろ起きましょうか」

ぶろろろ、とエンジンのように喉を鳴らす守護霊様に呼びかけます。

私が寝るときはいつもこの子が一緒です。

センリ自体が離れようとはしませんし、ふかふかで柔らかいこの子は大きさまでもが自由自在。私としても快眠のためになくてはならない身にされてしまいました。

意中の人を射止めるために胃袋を掴む話がありますが、同じく三大欲求の一つを押さえるなんてこの子も大したものです。

うにょーんと伸びをするセンリがそのまま滑り込むように影に消えたところで私はリビングに向かいました。

遭遇したのは、ふらふらとした足取りで冷蔵庫に辿り着き、適当なものを口に放り込んで咀嚼している兄でした。

「……おう、おはよう」

「おは……いや、お疲れさまって返した方がよさそうですね、お兄ちゃん」

「ああ、つかれた」

まさに死んだ顔です。

現在は朝九時。

きっと、朝方に来た急患をキリのいいところまで処置して通常勤務のスタッフに引き渡してきたのでしょう。

ちなみに、父と母も出勤しているはずです。

父、兄の他に獣医師がもう二人いるので、芹崎動物病院は曜日にかかわらず毎日稼働しています。

あやかし診療所で体験した通り、入院患者の処置も考えると、むしろ常に人がいる運営状況こそ効率がいいのでしょう。

「今日もどこかに出かけるのか?」

「おばあちゃんの課題を早く終わらせたいですし、『富士の不死』関係で岸本さんのところに行くか、『鉄鎖の化け物』に関して出没情報でも洗おうかなと」

「ああ、鎖の方なら俺も聞き覚えがある。『開かずの風穴』以来、週に数回は出ているらしいな。熊疑惑があるからって猟友会にコメントを求めたニュースも見たし、割と噂が大きくなっているだろ」

「手がかりがあるのはいいんですけど、そこが不自然なんですよね。怪我を治すとか力をつけるとかにしても、普通ならもうとっくに満足して潜伏しちゃうはずなんです。今までを踏み台に大きな事件を起こすなんてこともなく、器物破損を繰り返す。これじゃあ退治してくれって言っているようなものですよ」

「理屈に合わない、か」

疲れ気味なのに兄は一緒に考えてくれています。

これから本来の休日らしく寝るところだと思いますが、付き合ってくれるところには素直に感謝です。

おや。何やらコーヒー豆とミルを手に取りました。

「あ。お兄ちゃん、私にも一杯ください」

「そこは自分がやるって言ってくれ」

「普段、ご飯を作ってあげているでしょうって貸し借りを持ち出していいですか？」

「はいはい、わかったよ」

こんなことを言い出さなくてもやってくれたとは思いますが、小憎らしいやりとりができるのも家族の楽しさなので私は割と好きです。

ひとまずは笑顔で返しておくとして、今度好物でも作って恩返しするとしましょう。

「まあ、活発なものに近寄るのも危機管理的にどうかと思うので、ネットや雑誌での情報収集ですね。ただ、そんなものはいつでもできるので岸本さんのところに行って黄泉返りについて調べたいところなんですけど……」

「何かあったのか？」

「ここのところ二度ほど電話が繋がらないんですよね。それもコールに出ないんじゃなく、途中で切られてしまうんです」

タイミングが悪かったのかと日にちと時間も変えてみたのですが、結果は同じでした。

私も毎日大学に行くわけではないですし、診療所のお手伝いもあるので、予定を聞く電話も頻繁にはかけません。

そうして最後の訪問から二週間くらい経ってしまいました。

「老人の一人住まいなら何十年も使い続けている黒電話ってケースもあるんじゃないのか？　急ぎの電話があったから着信を切るしかなかった。しかも古い電話だから履歴が残らなくて折り返しができなかったとか」

「一度くらいならあるかもですが、繰り返しは妙ですよね」

「それは確かに」

コーヒーカップを持ってきてくれた兄はテーブルにつき、パンを食べ始めます。

咀嚼で会話が途切れたところで私は再度確認の意味も込め、岸本さんに電話をかけてみました。

コールが一度、二度。そして、三度が鳴っている途中でぶつりと切れました。

「……やっぱりまたですね」

ひとまず携帯電話を置いた私はふむと唸ります。

コールが鳴り続けるのなら、それこそ体調不良で倒れたなどの緊急事態でしょう。

しかし、電話に出ないで切られるというのは不可思議です。前回は円満に別れたのですから、拒否されているというのもあまりピンときません。

さて、コーヒーを飲みながら冷静に考えてみましょう。

岸本さんの体調不良に、そこで飼育されている馬のあやかしに『富士の不死』、騒ぎを繰り返す『鉄鎖の化け物』。

私を取り巻く環境で起こっているこの事態は偶然の産物でしょうか。

思考の整理が終わった私は自室に戻ります。

いつもより少し厳重に護身具を用意して身支度を整え、夜叉神様からもらった組紐を手に取りました。

下手をすると私を傷つけかねない鎖との縁――折角もらったのですから保険に持ち歩かない手はありません。

リビングに戻ってみると、兄は食器を片付けているところでした。

「出かけるのか？」

「はい。やっぱり気になるので岸本さんのお宅に行ってみようかなと」

答えると、兄は眉をひそめます。

「小夜。お前はその岸本さんの安否確認に行くんだよな？」

「はい、そうです」

「じゃあなんで銀行強盗をしそうな荷物を引っ張っているんだ」

「念のためです、念のため」

この答えにどうも納得いかないのか、兄は洗い物の手を止めて考え顔になります。

しかし、徹夜が祟って思考は全く捗らない様子でした。

「ほら、だってあのお宅には馬のあやかしがいます。岸本さんとの関係は良好だったので、何か妙なことをするならあのお馬さんじゃないですか。電話も念力で遮断したのかも」

「……そうだな。そうだったか」

「お兄ちゃん、早く寝た方がいいですよ」

ちょうど洗い物は済んだようです。兄は頭をとんとんと叩き、自室に引き上げようとしていました。

「あ、その前に一つ聞かせてください。馬の弱点ってどこですか？」

「いや、待て。お前は安否確認に行って、どうして馬と戦おうとするんだ」

「会話の成り行き次第ではわからないと思って」

ご飯を食べ、体はもう休息モードに入ったらしく兄はうつらうつらとしています。

私が言うことも理屈が通っているのか、そうでないのか、判別できていないのでしょう。

ここはわかりやすく伝えます。

「私も嫁入り前の娘なので怪我なんて御免ですし、そもそも下手をすればおばあちゃんは認めてくれないじゃないですか。実のところ、京都の神様のおかげであのお馬さんの正体にも目星がつきましたし、安全第一で行動しますよ」

「……わかった。ちょっと待て。馬の本を引っ張り出してくる」

ポンコツと化した兄は足取りまでふらふらとおぼつきません。半分支えるようについていき、私は馬についての話を聞くのでした。

□

善は急げという言葉の通り、私は岸本さんの家に向かってみました。

敷地内にお邪魔すると、厩舎にいる馬とまた目が合います。

まるで睨むような視線を振り切って玄関に移動し、インターホンを押してみました。けれども返答はありません。

あまりよろしくはないのですが、戸に手をかけて鍵がかかっていることも確認します。

ですが、そこまで確かめた私は頭を押さえました。

「……しまった。在宅中に鍵をかけない人も今どき少ないですよね。外出していても、それこそ体調不良で倒れていてもこうなりますか」

最悪、センリの手を借りて内側から鍵を開けてもらう裏技もあります。けれども空き巣じみた行為なので流石にそこまではしたくありません。

幸いにもすりガラスの格子戸なので内が薄ぼんやりと透けて見えました。

これもまた犯罪者に落ちる心地なのですが背に腹は代えられません。

「確か岸本さんは外履きをしまわずに上がっていましたし、他には置いていなかったはずです」

以前、ここに来た時の記憶を頼りに答え合わせをします。

すりガラス越しにどうにか靴の有無を確かめてみるに、靴は一つも見えません。これならば十中八九、外出中でしょう。

我が家からここまで移動時間はさほどかかっていませんでした。

それならばやはり電話を切ったのは岸本さん以外という線が濃厚そうです。

「――お前、何してる」

「ひゃいっ!?」

そわそわしていた私の背に、最もかけられたくなかった言葉が投げかけられました。

あわや社会的な危機です。

一応、全ては未遂で何一つやましいこともないのですが、警察官や周辺住民相手にシラを切れるでしょうか?

そんな動揺も一瞬で鎮まりました。

振り返ると、そこにいたのは馬にも勝る体躯の黒い雄山羊です。

尖った巻き角は非常に立派で、先端に引っかけられれば金属でも引き裂いてしまいそうです。その威風は森の王者と言われるヘラジカが持つ迫力にも勝るでしょう。

頭を少し下げ、いつでもその角で跳ね上げられる状態で睨まれては、私の足も竦んでしまいました。

いけません。こんな時こそ落ち着きましょう。

一触即発なのはセンリもまた同じです。

いえ、ともすればこちらこそ些細なきっかけで跳びかかりかねません。

この子が普通のあやかしからは見えないことが今は幸いでした。危うく、話をする余地すらなく血を見る羽目になっていたところです。

私は深呼吸で胸を押さえた手を下ろすようにして、さりげなくセンリの顔に触れます。虎ほどにまで膨れ上がったセンリも、それで少しは落ち着いてくれるといいのですが。

二重の意味で緊張する心臓を制しながら、私は黒山羊と対峙します。

「最近、岸本さんに電話が繋がらなかったので確かめに来たんです。あなたはそこの厩舎にいた馬のあやかしさんですね？」

「こちらのことはどうでもいい。去れ。そして二度と立ち寄るな」

何も取り次ぐ気はない。

そんな意思の表れか、言葉はきっぱりとしています。

刺激をしないためにもこの要求をのむのは絶対です。相手がいきり立つ答えを返そうものなら、センリが反応してしまうでしょう。

「……わかりました。それなら三つだけ質問をさせてください。それに答えてくれればもうここには立ち寄りませんし、あなたに危害を加える人に情報を漏らすこともありません」

ここまで聞き分けよく引き下がる条件なら一蹴されることはないようです。

聞くだけは聞いてやるとでも言いそうな睨みに心底ほっとしました。

私は言葉を選んで質問を投げかけます。

「では一つ目の質問です。あなたが巷で言う『富士の不死』であり、『鉄鎖の化け物』の正体でもありますね？」

「どうしてそう考える？」

「理由は三つあります。まず、本当の黄泉返りなんて普通のあやかしが起こせる超常現象ではありません。幻や変身を疑うのが妥当なところです。次に、あなたは岸本さんの旦那さんに化けるあやかしなんて存在を許さないと思います」

岸本さんから聞いた思い出話に、部屋に飾られた写真。別の牧場に引き取られたはずが、暴れて送り返されたこと。私がやってきた時、睨むように視線を向け続けていたこと。

どれも岸本さんへの深い想いの裏付けです。

そんな大切な家族に化けるあやかしなんて、許す道理はないでしょう。

沈黙は肯定と言いますが、今この時以上に感じたことはありません。

「そして最後に。これは個人的な事情になりますが、神様が私の縁を見てくれたんです。私は『鉄鎖の化け物』が起こした事件とニアミスしかしていないはずなのに、縁があると言われました。あなたがその『鉄鎖の化け物』ならそれも納得です」

夜叉神様が言ってくれたように、今こそ鎖が私を傷つけるか否かというタイミングなのでしょう。

質問への回答はありませんが、構わず続けます。

私にとっては三つ目の質問が重要で、それまでは単なる確認でしかありません。

「二つ目の質問です。あなたが『鉄鎖の化け物』なら話が見えてきます。鎖や馬に関するあやかしで、『富士の不死』のように旦那さんが黄泉返りをしたと錯覚するような説話を持つ正体について。あなたはアイルランドで語り継がれる馬の妖精、プーカですね？」

プーカとは変身が巧みな馬の妖精で、人間の言葉も話します。

彼をないがしろにすれば物を壊したり家畜を殺したりしますが、一方で敬意をもって接すれば幸運をもたらすとされる、鏡のような存在です。

何故、岸本さんの旦那さんに化けたのかまではわかりませんが、そこは私の課題的には重要ではありません。

——さて。ここまではいいのです。

問題はこの次。プーカがどうしてこんな騒ぎを起こし続けているかです。

「最後の質問です。あなたが『鉄鎖の化け物』として騒ぎを起こし続けていることについて。このまま続けていたらいつか魔祓い師に会ってしまいますよ。何かの目的のために頑張っているけど、達成できなくて困ってはいないですか？」

「……何度も言わせるな。去れ」

「はい。答えてくれたら帰ります」

それこそイエスかノーだけでも答えられる質問です。そんなものに答えるだけで帰ると言っているのですからプーカも頑なにはなりませんでした。

彼は吐き捨てるように答えます。

「お前が言っていることは全て正しい。これで満足か」

「見当違いじゃなくてよかったです。じゃあ、お話しした通りに私は帰りますね」

毛を立てて膨らんでいるセンリを撫で、私はプーカとすれ違って帰ろうとします。

「待て」

この背に声をかけたのはどんな心変わりでしょうか。

天邪鬼《あまのじゃく》さを感じてしまいますね。

「何ですか？」

「どうしてそんなに呆気なく引き下がる？　お前はわざわざ噂の正体を探してまで接触してきた。逆に不気味だ」

「なるほど。じゃあ、説明にも必要なので自己紹介をさせてもらいますね」

立ち止まるとセンリは私の周りをぐるぐると歩いて回り、プーカとの間にわざと座り込みます。

　こんなところから早く離れてという無言の圧迫が視線から感じられますね。靴紐を噛まれないうちに説明を切り上げなければなりません。

「私は芹崎小夜と言います。甲府にある芹崎動物病院の娘で、まほろばにある祖母のあやかし診療所で働こうとしているんです。その入社試験的なものが『富士の不死』と『鉄鎖の化け物』の解明でした」

「何故、そんなことを試される？」

「こういう噂の正体が何者なのか調べられなければ自己防衛の手段も考えられないし、治療で薬も選べませんから。犬猫には使えるけど草食動物にはダメとか、薬はあれこれと考えるべき点が多いんですよ」

　もっとも、こうして試されるのは祖母が心配性だからでもあります。

　一人での調査も認めている点は驚きですが、もうそれなりに私やセンリを信頼してくれているということでしょうか。

「プーカさん、あやかし診療所もあくまで普通の診療所なんですよ。助けてくれと言われれば誰でも治療します。でも、助けは必要ないという人を押さえつけて治療はしません。医者や獣医で言う、応招義務というやつですね」

　医療機関は正当な理由がなければ診療を拒めないというもので、人の好き嫌いで治療するかどうか決めるなんて事態を防ぐための決まりごとです。

まほろばの神様や法律に縛られているわけではありませんが、中立の立場を貫くためには必要な心構えでしょう。

伝えることは伝えただけに、プーカさんの理解も得られたのかもしれません。雰囲気は幾分和らいでいます。

なら、私が彼に対してできることはあと一つくらいです。

「岸本さんには私の電話番号を伝えてあります。きっと電話の近くに置いてあるでしょうから、何か困ったことがあれば連絡をください。もしあなたが魔祓い師さんにやられてしまったら、それこそ岸本さんが悲しみますからね」

プーカからすれば、私のように会って間もない人間を警戒するのは無理からぬことでしょう。

しかし、こういう時の険悪な空気を負い目にして以後の付き合いにまで支障が出るというのはもったいないことです。

大人しく身を引きはしますが、おばあちゃん子としては岸本さんのことは気になるし、プーカも困っているのなら、できる範囲で手を差し伸べてあげたいところです。

そんな気持ちはこれで十分に伝わったでしょうか。

私はプーカからの視線を背に感じながら、センリと共にこの場を去るのでした。

□

岸本さんの家から帰路についた私は、判明したことを祖母に報告するため、そのままの足で庭に向かいました。

するとと、庭に続く戸の南京錠が解かれていることに気付きます。

「あれ、鍵が開いてる。お兄ちゃんが書斎にでもいるんでしょうか？」

両親は病院で働いている最中ですし、思い当たる人物は兄くらいです。

しかし、ほんの一時間少々前に私と話して寝付いたばかりなので非常に妙でした。もしや隠れて何かをしているのかもしれません。

ひっそりと覗き、様子を確かめてみるとしましょう。

「信。今日は休みだったのに小夜ちゃんについていってあげなかったのか？」

意外なことに聞こえてきたのは斑さんの声でした。

どうやら縁側にでも座って話し込んでいるようです。こんな場面に踏み込む気にはなれず、私はつい陰に隠れて聞き耳を立ててしまいました。

「そりゃあ急患明けだったし、俺がついていってボディガードが務まるわけでもないしな。あと、この前の喫茶店に行って確かめたいこともあったんだ」

「方向は同じじゃないか」

「現場は違うんだから両立は無理だ。少しは休ませろ」

まあ、兄はこういう人です。

世の中には妹がかわいくて仕方がないという人もいるそうですが、適度に放任という感じでしょうか。

ああだこうだと物を言われるのは面倒くさいので、助かる距離感でもあります。

「俺のことを言うのはいいが、斑だって同行してないだろう？」

「それは……そうだね。美船先生なら心配はないだろうけど、下手に協力して小夜ちゃんの評価が変わるのは不本意だ」

「そう。俺もばあさんがどういう考えで行動していたのか知りたくて喫茶店に――」

さて、どうするとしましょうか。

兄も斑さんも私のことを気にかけてくれていたのは確かなようです。

プーカのことがわかったからといって、会話の最中に横切るのは躊躇われてきました。

「一時間くらい時間を潰してきましょうか」

私に秘密の配慮なら、知らないふりをした方がいい気もします。

そういえば兄が喫茶店について口にしていて思い出しましたが、昼食もまだではないですか。

それを終えてからでも遅くはないと、私は踵《きびす》を返します。

――そうして時間を潰した後、私はまほろばのあやかし診療所に向かいました。

眼前に広がる稲原と、そこに立つミシャグジ様はいつも通り。

一つ違うのは、化け狸の刑部が待っていたことです。

どうやら送迎をしてくれるらしいですが、もちろんタダではありません。前脚をひょいひょいと上げて、招き猫みたいにおやつを催促されています。

ちなみに、用意が足りなくてこのオーダーを無視すると足をかじられた覚えがあるので私は学びました。

けれどもちょっと待てです。

なにせここは神様の御前。飲食は禁止です。

「こんにちは、ミシャグジ様。お供え物を置いていきますね」

移動の要となっている石碑の前に置くのは茹で卵です。気付くなり舌をチロチロする回数が増えたのでこれも好物なのでしょう。

足元で刑部がてしてしと叩いて催促してくるので、少し早めにこの場を離れます。

歩けばそれについてくる木霊に、たまにすれ違うまほろばのあやかし。祖母からの課題を達成した今、これが私の出勤風景と確定したわけです。

満ち足りた気分で診療所への石階段を登り、裏口に向かいました。

「おばあちゃん、どこにいますか？」

「縁側だよ」

ひとまず声を上げてみると、応答がありました。

早足で先に行く刑部に遅れて私も縁側に向かいます。

昼食を早めに済ませていたのか、斑さんや玉兎くんと一緒にお茶をしているところでした。

「今日は休みだろう。何かあったのかい?」

「『富士の不死』と『鉄鎖の化け物』の正体を見極めてきました」

「おや。案外、早かったものだね」

「そうですね。私も一つずつ解決するものだと思っていたんですけど――」

いくつかの通称を持つ噂というのはありますが、このように複数の噂の原因を辿ると一頭に行きつくというのは珍しいものです。

ともあれ、私は岸本さんとプーカに関する話を伝えました。

玉兎くんは素直に驚いて称賛する顔でしたし、斑さんはようやく安堵という顔をしています。

先程兄と話していた通り、それなりに心配をかけていたのだから無理もありません。

そして肝心の祖母は意外なことに報告を淡々と受け止めるだけでした。

「あの、おばあちゃん。何かいけなかったですか?」

「いいや、順調なのはいいことだよ。ただし、私は正体を見極めて何らかの手段で解決するようにと言ったんだ。まだ終わりじゃない」

「ああ、なるほど。雷獣の時は正体を見極めた後、保護していましたしね」

以後、診療所に居つくようになったわけですが、それもまた一種の解決です。

ではプーカの場合はといえば正体が判明しただけでした。となると、次の対応を考えなければいけないのかと、私は頭を悩ませます。

けれども祖母は急かしたりはしませんでした。

「小夜。例えば急いて乱暴に正体を暴いたら、その揺り返しがある。そのプーカについて何かをしろとは言わないけれどね、事態が落ち着くまでは終わったものと思っちゃいけない。私が出した課題はそういう意味合いだよ」

言われてみて腑に落ちました。

私たちは自分の身を守ったり、患者を治療したりするために相手の正体を知る必要があります。

けれど、全てがすっきりと終わるわけではないでしょう。

物事には続きがあります。

我が家に『動物の霊が出る』という噂の終わりを見届けぬまま日常を過ごしていたら、大きなしっぺ返しを食らった祖母だからこその教訓なのかもしれません。

今回のように相手の正体を暴くだけ暴いてうやむやになってしまった時も、何らかの注意が必要となるでしょう。

私はふむと考えます。

「なるほど。事件の犯人に刺される的な事態ですね」

「……まあ、意味が伝わっているならどういう解釈でも構わないさ」

祖母は複雑そうな面持ちですがとりあえず頷いてくれます。

今回は話が穏便に進みました。

けれども、もし乱暴に追い立てられて逃げ帰るしかなかったとしたら、その時は夜道に気を付けなければいけなくなっていたかもしれません。

正体を暴かれること自体が昨今のあやかし弱体化にも繋がっているので、毛嫌いする者もいる。祖母の忠告もその辺りに関係するのでしょう。

私はそう解釈して、最後まで注意を怠らぬよう肝に銘じました。

「おめでとう、小夜！　これで大手を振って働けるわけだ。美船先生も斑も喜んじゃうねえ。もちろん、俺もだけど！」

玉兎くんはぴょんと縁側から跳ね、私の両手をすくってきます。

シンプルに喜んでくれるこういう展開こそ求めてやまなかったものです。

彼はそのまま、「美船先生、観念しろー！」とヤジのようなものを飛ばしながら祖母に目を向けました。

能力を査定する側としては身内を贔屓《ひいき》をしないためにも一線を引こうとしてきたでしょう。しかしこうして明らかに指摘されればそのメッキも剥がれます。

「そうだねえ。昔の失敗を繰り返さないようにと家族は遠ざけてきた。それでも孫が追ってきてくれたんだから嬉しくないはずはないよ」

そう呟く表情は、何の事件も起こっていなかった時期に見せたものと同じです。屈託のない笑みとはこういうものを言うのでしょう。

妖怪の総大将じみた迫力や先々を見通した手配——その全ては過去の失敗があったからこそ生まれたものです。

私が幼い頃に見たおばあちゃんらしい姿がここにはありました。

ですが、そんな表情もパッと移り変わります。

「いい雰囲気になったところ悪いけれどね、一つだけ言っておこう。これで何が変わるわけでもないよ。下手に危ないことをするならここに来るなとは言うし、大学をまともに卒業するのが最優先だからね？」

「あ、はい。そこは気を付けます……」

「単位を落としていないだろうね？」

「………専門教科は落としてないです」

思い出に浸ってしんみりしていたところ、祖母はしれっと元の顔に戻っていました。

十三年もこちらで生活してきたのです。それはもう体に染み込んでいるのでしょう。学業を疎かにしているつもりはありませんが、祖母の口上には粛々と従います。

するると、どうでしょう。

興奮が抜けた私を祖母はにまにまと見つめていました。

おのれ。

もしかするとこれは質《たち》の悪い冗談交じりだったのかもしれません。

「それはともかく、折角だからお祝いくらいはしておこうか。斑、ここにはロクなものがないから、あやかし街の夕市で小夜に好きな物を買っておやり」

　なんとなしに放たれた祖母の言葉に、斑さんはぴくりと反応します。

「美船先生、いくら課題をクリアしたと言ってもいきなり夕市は――」

「あやかしがたくさん集まるね。けれどそれは逆に味方も多いってことだよ。別に危険地帯ってわけでもないんだ。あんたがついていれば心配はないだろう？　過保護はおよし」

「……わかりました」

　斑さんが折れると、祖母はその手に財布を預けました。

　あやかしは基本的に夜行性が多いため、夕市こそ一番活発になります。

　昼なんてただのさびれた集落ですが、夜はあやかしも建物も増えてネオン街のように輝くのだとか、尾ひれがついたような噂だけは耳にしてきました。

　稲原からこの診療所までを歩くくらいだった私としては未知の領域です。そんな場所に連れて行ってもらえるとは、童心に返って目が輝いてしまいました。

　本当に連れて行ってもらえるんですよね？　と確認するように、私は斑さんの袖を引きに行きます。

「大丈夫、連れて行くよ。ただし、準備はしよう。あそこは人肉まで売っているからね。小夜ちゃんの匂いにつられた輩にかじられたら大変だ」

「ひえっ」

刑部と雷獣を保護しに行った時には冗談めかして言ったのですが、いざそれが起こりそうな場所があると思うと及び腰になってしまいます。

あれやこれやと斑さんが気を揉んで考え込んでいると、玉兎くんが思い出したように呟きました。

「あ、そっか。富士の樹海とか冬富士での滑落から人肉が直送されちゃうもんね。それ目当てに来るあやかしも多いんだっけ？」

「そういうことだよ。ただし売り買いを目的に来ているあやかしだから、犯罪紛いのことを好んでするわけじゃないんだけどね」

斑さん自身もどの程度危ないのか量りかねた様子で眉根を寄せています。

あやかしにとって人肉とはどれくらい価値があるものなのでしょう？

どうしても人肉を食べたくてやってきた人食い妖怪にかじられる――そんな事故くらいはあってもおかしくないように思えてきました。

「人肉ってそんなに美味しいものなんですか……？」

「んー。人食い妖怪以外にとっては、人が馬とかクジラとかを食べたくなるようなもんだよ。別に必要じゃないけど、なんとなく食べたい気もする程度。まあ、大概は平気じゃないかな？」

それこそ肉付きや品質なら牛や豚の方がよほどいいはず。そう思って口にしたのですが、玉兎くんの言葉で議論の底が見えました。

なるほど。そういうことなら理解できないとは言えません。

ただし、『人食い妖怪以外は』と前提があった点は要注意です。

やっぱり考え直した方がいいのでしょうか。

そんな気持ちで斑さんに視線をやります。

「連れて行くといった以上、約束は守るよ。ひとまず小夜ちゃんには試着してほしいものがある。ついてきてくれるかな？」

「試着、ですか？」

はて。まほろば特有のドレスコードみたいなものでもあるのでしょうか。

そんな風習までは聞いた覚えがありません。

「実際に見てもらった方が早いよ」

説明を求める視線を向けても、このような返答です。

私は斑さんに手を引かれるままに彼の部屋に向かうのでした。

□

日が傾いてきたころ、私と斑さんはあやかし街に向かって歩き始めました。

日中なら何度か歩いたことがあるのですが、稲原に沿って敷かれた道をまっすぐ進めば十分ほどで到着します。

その程度の距離を今までほとんど往復したことがないなんて我ながら驚きですね。

あやかし診療所までの通学路を外れてこなかったとは、我ながら優等生です。

「ふふふ。斑さん、これはなにやらお祭りに行くみたいですね？」

しめ縄と紙垂《しで》が飾られた道に、着物姿の人。そんな空気に浸されると胸がうずうずするのと同じです。

はしゃぐ気持ちを抑えきれなかった私は両袖を広げて舞踊のようにくるりと回ります。

その動きに合わせ、着ていた羽織の裾が翼のように広がりました。

先刻、準備と称して試着したのはこの羽織。

そして、狐の面の二つです。

夕方に二人揃ってそんなものを身に着けて歩いているのですから、まさにお祭り気分ではありませんか。

「古風な格好だけれど、僕が使っている呪符と同じで力を込めれば力を発揮してくれる礼装だよ」

「言わば斑さんが二人羽織で守ってくれているようなものですね？」

「そう。車の衝突も止められるくらいにごつい僕がついていると でも思ってくれたらいいよ」

「私が語ったロマンがゴリラに侵食されていきます……」

それはちょっと頂けません。イケメン、イケボのゴリラはある種のネタ枠です。

認めるか否かで葛藤していたところ、ぽつぽつと水滴が地面を濡らしました。

仰ぎ見れば、晴天から雨がちらついています。

「おっと、天気雨か。傘までは気が回らなかったな。小夜ちゃん、出発して間もないし、出直すかい？」

「いいえ。これはこれでいい門出だと思います」

私はひっそりと微笑んで空を眺めます。

天気雨は別名、狐の嫁入り。

こうして診療所での仮採用が決定し、斑さんと歩いている時に降ってくるなんて天がお祝いをしてくれているようではないですか。

先程の発言のように天然な気もある斑さんが気付いているかはわかりません。まあ、今のところは私が個人的に感動できたというだけで十分でした。

しばらくしてから、斑さんは別の話題を切り出してきます。

「小夜ちゃんが先生に認められるまではあっという間だったね。改めておめでとう」

「ありがとうございます。でも、私が凄いわけではないですよ。小さい頃からセンリがいましたし、おばあちゃんが書斎に残した資料のおかげであやかしのことはひと通り知ることができました。ここに来てからも、おばあちゃんの人徳で周囲の人が期待してくれていましたからね」

言ってみれば、残されたレールの材料をもとにようやく本線に合流できたというところでしょうか。

祖母がしてきたこと、私が新たにできると引っ提げてきたこと。

この足し算だったからこそ歓迎されただけです。

私の物言いを聞いた斑さんは苦笑を浮かべます。

「それは美船先生の教育がいき過ぎた印象もあるな。素直に感心しているのは本当だよ。僕と美船先生が知っていた小夜ちゃんは小学生になる前で、ひょこひょことついて回る印象しかなかったからね。それが今や、診療所の治療にも提案ができて、自分であやかしの正体も追える美人さんだよ？　シンデレラ以上に見違えたね」

「安心してください。私には十二時の鐘のようなタイムリミットはありません」

祖母から与えられた課題――雷獣の保護に始まり、『富士の不死』と『鉄鎖の化け物』は一挙に正体を突きとめることができました。

このままほろば通いという魔法の体験はこれからも覚めることなく続くのです。

魔法を解いてしまう十二時の鐘は壊してきたといっても過言ではないでしょう。

そんな受け答えをしていたところ、おやと一つ思いつきます。私をシンデレラというのなら、斑さんの配役は何でしょうか？

いくら想い人とはいえ、王子様という配役は何か違う気がします。

「私にとって斑さんは小さい時からいろんな形で助けてくれて、魔法使いのようでした。再会してからもそれは変わらず、とても心強かったです。こうして無事に終えられたのも斑さんのおかげですね」

　縁側で兄と話していたように、私に見えないところでしてくれた配慮も多いでしょう。その全ては知れないことが少し残念にも思えます。

「ありがとう。こうして小夜ちゃんが好意を向けてくれるのは嬉しいよ。だけどその反面、風穴を調べに行く車内で話した通り、僕には義務感みたいなのも混ざっていた。そこは僕の方こそ意識を変えていかないと失礼になりそうだね」

　やっぱり祖母が私と一線を引こうとしていたように、斑さんももしダメだった時のために未練になるような扱いは控えていたようです。

　歯石除去の出張に行く前、言質を取って再確認した意味も出てきたかもしれません。ちゃんと意識してくれた結果のようで嬉しく思います。

　では、今まで魔法使いだった人がこれから王子様に変わってくるのでしょうか？

　想像してみると、それもしっくりときません。

　どうしてなのか考えてみれば、程なくそれらしい答えが見つかりました。

　魔法使いのような人を好きになったのは、別に外見や地位に惹かれたからではないのです。

「斑さん。私、シンデレラも王子様も見る目がないと思うのですよね」

　たった今していた話ですが、唐突な言葉に斑さんは意識が追い付いていないようでした。

　だからこそ私は、ことさら踏み込んだ言葉を投げかけます。

「二人とも、玉の輿や容姿目的みたいじゃないですか。一方、魔法使いは他人の幸せのために努力しています。十二時までしか続かない時間制限付きの魔法なんて、いかにも無理をして用意したかのようです。そんなものを持ち出してまで誰かを後押ししようと想ってくれる。凄く素敵な人だと思うんです」

全てを解決してくれるヒーローじゃなくていいんです。

時に助けてくれて、一緒に立たせてくれる。そんな関係の方がずっと歩んでいくには居心地よさそうじゃないですか。

「その点、私は魔法使いの良さに気付いているので、シンデレラ以上かもしれないですね。斑さん、魔法使いはわざわざ変えることもない美徳を持っていると思うので安心してください」

——だから変わる必要なんてありません。

そう口にするのは容易《たやす》いですが、この辺りが限界です。こっ恥ずかしいことを口にして顔が熱いので私は面を被りました。

さて、あまりにも甘酸っぱい空気で間がもちません。

言ってから後悔するセリフというのはこういう方向性でもあるようです。

二人して黙りこくって歩くこと数分。何か話題転換はないものかと思っていたところ、文字通り青天《せいてん》の霹靂《へきれき》が起こりました。

「ひゃっ!? て、らいちゃんですか。し、心臓に悪いですね。もう」

雷鳴に驚いて身を竦めた瞬間、胸にどんと当たるものがありました。

それを反射的に抱えてみると、ヒョーと高い鳥のような鳴き声が上がります。

診療所に入り浸っている雷獣ですね。

ジャーキーをあげて保護したのはこの子が生まれて間もない時期です。その刷り込みが強いのか、私を捜してはそれをせびる妖怪となっていました。

好かれるのはいいのですが、それへの嫉妬もあります。

私の頬が緩むと同時、蛇のように異形化したセンリが私に巻き付き、らいちゃんを睨み始めます。

なんということでしょう。

体はずしりと重くなり、子泣きじじいを彷彿させます。

斑さんとの雰囲気に困ることはなくなりましたが、これはこれで大変な状態ですね。いかに私が健脚でも足が震えてきます。

「おや？　小夜ちゃんと斑さんじゃないですかぁ。そちらも夕市へ？」

「珍しいにゃあ」

そんな声でセンリの意識も逸れ、重みが和らぎました。

見ればイエティ連れのつららさんとミケさんが手を振って歩いてきます。

ミケさんは縄で首をくくった鴨を数羽背負っていますし、つららさんは持ち前の冷蔵能力で市場を助けることが多い人です。この方向に歩いていますし、二人も夕市に向かうところなのでしょう。

「お二人ともこんばんは。実はおばあちゃんからの課題をようやくほぼ達成できたので、お祝いの買い出しに向かうところなんです」

「ややっ！　そりゃあ、いいこと聞いたにゃあ。ここにはちょうど獲れたての鴨があるし、盛大なお祝いをしにゃいと！」

ミケさんは興奮で瞳孔を丸くしてこちらを見つめてきます。

心の声を副音声で聞けるとしたら、『だからツナ缶もふるまって』というところでしょうか。幸いストックはありますし、宴が豪華になるのは歓迎です。

鴨や山鳥なんてそこらの地鶏よりも味わい深く、お酒が進むことでしょう。

私は確認とばかりに斑さんの顔色を窺いました。

「夕市に行けばどの道、患者さんと鉢合わせになるからね。みんなお祭り好きだし、数人がやってくるくらいは織り込み済みじゃないかな」

斑さんが取り出す祖母の財布は丸々と肥えています。

先々を見通している人ですし、これは事態を予見していたとみるべきでしょう。

「じゃあお二人とも予定がなければぜひどうぞ。あと、夕市まで一緒に行きましょう」

先程までの空気はあっという間に移り変わり、今や百鬼夜行のようです。

まあ、こちらでの就職が許されたのですから、むしろこの空気の方が始まりの日にふさわしいでしょう。

そうして歩いていくと、あやかし街に到着しました。

昼間に見れば長屋や店などが点々と存在するさびれた時代劇の風景。それがこの逢魔が時では様相が一変していました。

提灯《ちょうちん》や行灯には狐色の火が灯るだけでなく、鬼火が青い炎を揺らめかせることもあります。

また、ふわふわと漂うのは鬼火ばかりではありません。妖精もちらほらと姿を現し、光る鱗粉を撒きながら街を縫って飛んでいます。

そんな光が照らす通りには建物が増えていました。

一体どこから持ってきたのか、とんがり屋根や煙突が目立つ魔女の家が生えていたり、引かれてきた屋台が路地だったはずの道を埋めていたり。

住人が少なそうだった印象は一変し、雑多な居酒屋街と祭りの風景を足して割ったかのようです。

時代劇のような和風が八割、西洋風やそのほかの空気が二割というところでしょうか。

ネオンならぬ幻想的な光が満ちるあやかし街には、この見かけと同じく様々なあやかしの姿が見えました。

狐の面に羽織、雪女や化け猫の同行者という姿もここでは浮くことなく、自然に溶け込みます。

「ふわぁ……。診療所の患者さんは見てきましたが、これだけ集まった姿は壮観ですね」

圧倒的な自然の風景、人が作った夜景ともまた違った世界です。どこに何があるのかと眺め回すだけで胸が熱く興奮していきます。

すると斑さんたちは私の前に歩み出て、にこやかに手を差し伸べてきました。

「小夜ちゃん、ようこそまほろばへ」

ああ、そうでした。

ずっと追ってきたものにようやくここで手が届くようです。

祖母の後を追うために書斎の文献を何年もかけて読み漁り、行方を知るためにセンリと共にあやかしの噂を追い——そして診療所での課題をこなしました。

私の特別な日常は、こうして始まりを告げます。

これがゴールではありません。

祖母と家族の絆を繋ぎ直し、あやかしという超常の生き物を堪能し、想い人との駆け引きをする。そんな野望が待ち受けた日々の始まりなのです。

存分に楽しむとしましょう。

これこそ私が望み、追ってきた道なのですから。

□

あやかし街の夕市というのは、それこそこの世あらざる幻想に満ちていて、とても魅力的な場所でした。

ですが、ひと足踏み入れて以降もまたあやかしクオリティー満載なのが曲者です。

魚を盗むどら猫ならぬ猫又が現れるのも、それを追う獄卒っぽい鬼が現れるのも、その大捕り物の末にハリウッド映画じみた乱闘、爆発が起こるのもご愛敬。

あやかしが空に吹っ飛び、家屋の残骸が雨の如く降り注ぐ様に私が声を失っていても、つららさんやミケさんは気にすることなく市場を練り歩いていました。

超常の力を持つ彼らにとってはこれもまた日常なのです。

騒ぎがあった後は総出で片付けとなり、大工仕事をするあやかしが修理する——これも江戸情緒じみた空気なのでしょうか。

温かくも、人間には御しきれるか不安になるスケールでした。

こんな様を見せたのも、もしかすると社会勉強の一環だったかもしれません。

大丈夫。膝が少し笑っていますが、私たちは無事に買い物を終え、あやかし診療所に帰り着きました。

望む道に足を踏み入れた感動？

もちろん忘れちゃいませんが、それとこれとは別です。

「お、おばあちゃん。ただいま帰りました……」

「おかえり。いいものが見れたようだね」

「はい……」

娑婆で斑さんが兄の肩を借りて歩いたあの光景。あれが今の私の姿です。

おかえりー！　と玉兎くんも元気よく迎えてくれたのですが、私はなけなしの作り笑いを返すのみでした。

ぼろぼろな私を放置して、つららさんとミケさんは歩み出ます。

「美船先生、小夜ちゃんは課題をこなしたって聞きましたぁ。お祝いさせてくださいー」

「にゃあ！」

「ああ。この日が脳裏に焼き付くよう、ぜひ祝ってやっておくれ」

やはりこれは教育だったのでしょう。このやりとりで確信します。

私は近くの椅子にもたれかかるのが限界で、普段のように口は回りませんでした。

「主役や美船先生にご飯を作らせるわけにはいかないし、今日は僕が用意しよう。慣れない場所で小夜ちゃんも疲れただろうし、ゆっくりしておくといいよ」

「はい……。予想外の事件でした……」

驚愕に続く驚愕でアドレナリンが大放出した反動でしょう。斑さんが言うように意外なほど疲れが出ています。

つららさんとミケさんはここによく出入りすることもあり、そのまま斑さんの調理を手伝いに行きました。

特にミケさんは焼き鳥など鳥料理の名人です。

私にそのままべったりとついてきている雷獣のみならず、声を聞きつけた刑部も姿を現すのは彼女が振る舞ってくれる素焼き狙いでしょう。

私は深呼吸で息を整え、祖母を見つめます。

「驚きました。これもまたあやかしの世界なんですね」

「京都も含めてね。まあ、あやかし街は特に騒がしい土地柄なのは確かだよ。診療所ではそこまでの騒ぎを見たこともないだろう？」

「そうですね。あるとすれば注射が嫌だと駄々をこねるとか、急患の慌ただしさくらいでした。今日は静かなままで何よりです」

何気なく――。

そう、何気なく放った私の言葉で祖母と玉兎くんは急に真顔になって病院の受付の方に視線をやりました。

待ってください。たった今のは不意に出た失言です。

漫画における、「やったか!?」と同じ。医療系におけるフラグを立てたつもりはありません。

しかし、現実は私の思いとは裏腹に進行していきます。

どっどっど……、と。最初は小さかった音が徐々に大きくなり、地震のように振動まで伝わってきました。

一瞬、音が途切れたかと思うと、猛烈な音と揺れが玄関口から襲ってきます。

玉兎くんは落ち着きつつも素早く行動し、その正体を確かめに行きました。

直後、声が返ってきます。

「美船先生、急患でーす」

「……小夜。言霊」

「ああああっ、ごめんなさいぃぃーっ!?」

今日は静かだとか、急患がどうのとか。

そういう言葉をぽろりと零すと来院があるのが医療系にかけられた呪いです。

雷獣の時には見逃されたのですが、お祝いごとを控えている程度では許されませんでした。

というより、より濃厚なフラグが潜んでいたタイミングでしたね。

ともあれ、そんなジンクスがなくても来るものは来るのです。私と祖母もすぐに現場の確認に向かいます。

私たちが玄関で前にしたのは巨大な鬼でした。

頭にハチマキ、腹かけ、ふんどしなどと不審な出で立ち――いえ、これは飛脚の服装です。彼は玄関の柱をこんこんとノックし、こちらを覗き込んでいます。

総出で迎えると鬼は身を引き、玄関前を指差しました。

そこにいたのは首に鎖をじゃらじゃらと巻いた馬です。全身から血を流し、いかにも重傷という様子でぴくりとも動きません。

この鬼はこうして急患を送り届けてくれる存在の一つです。

筋骨隆々の彼は、あとは任せたと言うように親指を立てると、また地鳴と共に去っていきました。

さて、いろいろ起こりましたが頭は謎の馬に切り替えなければなりません。

この姿に覚えはありませんが、正体ならすぐにわかりました。『鉄鎖の化け物』と言われたあのプーカです。

「姿婆でまた騒ぎを起こしていたら、ついに魔祓い師と遭遇しちゃったって話です」

飛脚の鬼から話を聞いたらしく、玉兎くんは祖母に概要を伝えました。

祖母は嘆息を吐きます。

「いつかこうなりかねないと思ったけど、指図する間もなかったねえ」

あやかしは基本的に騒ぎを繰り返すことはありません。こうなることがわかっているからです。

岸本さんの家に残った馬がプーカであり、何かできることはないかと呼びかけてからほんの半日程度です。

私も動揺が隠せませんでした。

「小夜。話を聞く限り、あんたは十分に気を遣っていた。それより、輸液とアドレナリンの準備！　あんたが反省するのは自分が用意した薬が間違いだった時だけで十分だよ」

「はっ、はいっ！」

何はともあれ、まずは処置です。

私は処置室に戻り、騒ぎを聞きつけた斑さんに急患の旨を伝えて指示を果たします。

輸液は血圧の維持。アドレナリンは心停止からの治療や血圧の維持のために必要な薬です。

あれだけの出血ですから、心臓が止まったり血圧が下がったりしていることに備えての指示でしょう。

「はーい、ごめんよ。患者が通りまーす」

私が輸液のパックなどと輸液管理用の機械を繋いだ時に、玉兎くんがプーカを背負って手術室に運び込みました。

純粋な神使だけあって玉兎くんの腕力は見た目の何倍もあります。

プーカを手術台に乗せると心電図がすぐに取りつけられ、斑さんが血管に留置針を入れます。そうして血管へのラインが確保され次第、輸液が繋がれました。

そんな光景の裏で祖母は術衣に着替えていきます。

その時間も無駄にはしません。手術帽を被ったり、ガウンに袖を通したりしながら心電図の数値を確認しています。

「ふむ。体が大きいし、騒ぎを起こしていただけあって力が充実しているのか、見た目より状態は悪くないね。小夜、アドレナリンはいらない。玉兎、レントゲンを撮りな」

「りょーかいです！」

馬の体を平気で担いだように、玉兎くんは体位変換もお手の物でした。

私は指示されずともレントゲン画像処理用のパソコンの前に立ち、患者の情報を打ち込んで準備します。

「ほい、小夜。横臥位《ラテラル》ね」

「わかりました」

レントゲンの機械から投射された放射線を患者の体越しに受けたフィルムをもらい、それを読み取り機に差し込んで画像表示を待ちます。

がん検診や骨折の確認に使うイメージしかないかもしれませんが、とんでもありません。これほど素早く、多くの情報を得られる医療機器はないでしょう。

レントゲン画像は空気なら黒く、水や固いものなら白く映る仕組みです。

その影の濃淡によって体内で出血があるのか、臓器が捻じれていないか、骨折があるかなどが即座に把握できるので、祖母と並んで確認します。

「よし、傷は体表くらいだね。幸いだ。止血と縫合だけするよ。斑は補助。小夜は電気メスの準備！　あと、高齢の馬だから手が空いたら尿検査とエコーをしていくよ」

「はい！」

小さな血管からの出血は基本的に焼いて止めることが多いです。

このプーカも筋肉の傷から出血しているだけなので、血管からの出血を焼いて止めた後は縫合という方針になりました。

今まで私服でほんわかと会話していたのが嘘のようです。

処置がなければ入れ替わり立ち替わりスクラブや術衣に着替えるという具合であっという間に手術風景となり、つららさんやミケさんは私語も慎んで遠くから見つめていました。近寄りがたい空気だったのでしょう。壁の陰からひっそりと覗く。そんな姿がここにはありました。

□

——そうして、対応開始から三十分ほど経過しました。

体が大きいだけに、祖母と斑さんはプーカの上半身と下半身で止血と縫合作業を分担。血圧や呼吸も安定し、後は麻酔から覚めるのを待つばかりとなりました。

「小夜のお祝いが中断されてしまったね。目が覚めるまでひっそりと再開するとしようか」

「おばあちゃん、そのバイタリティはどこから湧いてくるんですか……」

「慣れだよ」

あやかし街から続く緊張の連続です。

私としてはとてもではないですが、そこまで精神力がもちません。

急に場の空気が変化したこともあって、つららさんとミケさんは借りてきた猫みたいになっているのですが、そちらの方がまだ共感できます。

これは単なる経験の差でしょうか？

確かにそれもあるかもしれませんが、斑さんや玉兎くんもどんよりと息を吐いています。

やはりあやかしが一目置く祖母が偉大な存在なのでしょう。

それを改めて実感していたところ、プーカが目覚めました。

「ここは、どこだ……!?」

処置の終盤から麻酔量を減らして覚醒を促したとはいえ、驚くほど早い復帰です。

麻酔のせいでまだ頭が働かない上、体も不自由なので不安が膨れ上がるのでしょう。体を大きく揺らし、どうにか起きようとしていました。

それを認めた祖母は斑さんに目を向けます。

「手術台から落ちて精密機器を壊されたらたまらないからね。斑、縛っておやり」

「わかりました。軽くいきます」

斑さんが呪符を構えると、プーカの体を光輪がいましめました。

それによって動きが減ったところで祖母は近づいていきます。

「ここはあやかし診療所だ。あんたは噂通りに騒いで魔祓い師に痛めつけられた。これに懲りたらもう少し大人しくすべきだよ」

「俺が、やられ……？　――っ!?」

説明されてようやく思考回路が繋がったのでしょう。

ぼやけていたプーカの目は我を取り戻し、見開かれました。

「放せ、今すぐ！　ここで終わっちゃいけない。まだだ……まだプーカの名で噂が立たないと――！」

状況が繋がったのでしょうか。

途端にプーカは力の限り暴れ始めます。縫合した傷が裂けるのも構わないほどの動きなので斑さんも抑えるのに必死な様子です。

がたんがたんと手術台が揺れ、拘束は今にも振りほどかれそうになっています。

しかし、祖母は腕を組んだまま冷静に向き合っていました。

「おやめよ。縫った傷が開くし、そんな状態でまた暴れられるわけがないだろう？」

「裂けようが、千切れようが、どうでもいい！　また失くす前に、今度こそどうにかしなきゃいけないんだ！」

このプーカがそれほどに騒ぎ立てる理由とは一体何でしょうか？

私に思いつくのは一つです。

それを確かめるためにも、この会話に割って入ります。

「プーカさん、暴れないでください。もしかして、岸本さんに何かあったんですか？」

彼について調べた私が接触を控えた理由もここにあります。

この妖精は酷い扱いをすればそれだけ苛烈に仕返しをしますが、大切にしてくれる人間には幾多の幸せを返すと言われています。

岸本さんやその旦那さんから大切にされていたのは、思い出話や牧場から出戻りした話でわかりました。

　プーカが騒ぎを起こしたのは説話の通り、幸運を運ぶため。

　それも重病を患い、余命が定かでない岸本さんに奇跡をもたらすため、特別大きな力を蓄えようとした――そう解釈するのが適当です。

「放してくれ。騒ぎを起こさないと、恵が死んでしまう……！」

　暴れながら漏れる言葉にやはり答えがありました。

　ならばこの次はどうするべきでしょうか。

　方針に迷っていると、祖母はカルテを手にします。

「話は聞いているよ。プーカ。あんたは心不全の飼い主を助ける奇跡をもたらすために騒ぎを起こしていた。そうだね？」

「そんなことはどうでもいい！　早く解――」

「どうでもよくないんだよ。鏡のように恩も仇も返す妖精として、何もできないのは身を裂かれるように辛いのはわかる。でもね、あんたは全国ニュースになってもまだ目的を達成できていない。病気が治るっていう奇跡は生命の神秘もある分、意外と起こりやすい部類なんだよ。それでもできていないなら失敗の理由探しをした方が有意義だ。成功させる術を教えるから、大人しく受け答えしな」

　無駄とわかっていても動かずにはいられない。そんな時もあるでしょう。プーカはまさにその状態でした。

けれども真剣だからこそ、打開できると言われて無視できるはずがありません。祖母の言葉で途端に静まり返りました。

あっという間に手綱を握ってしまうのは経験の賜物です。

「まず、あんたは岸本恵って飼い主の負担を減らすため、旦那に化けて手伝っていたら『富士の不死』という勘違い事件が起きた。その後、器物破損事件を起こしたのはあやかしとして名をあげ、その分、高まった力で奇跡を起こして飼い主の心不全を改善しようとしたため。そうだね？」

「そうだっ。だが、恵はとうとう倒れたから救急車で運ばれたんだ。こっちだって調べた。あの病気は徐々に悪くなる一方で、人には治せないんだろう!?」

「その通り。老いて弱ったが故に出る病気は対症療法くらいしかないよ」

いつも一緒にいるわけではない私でさえ、岸本さんが苦しそうに胸を押さえてうずくまるのを見たことがありました。

いつ倒れてもおかしくはない状態だったのでしょう。

それを聞いた祖母は斑さんに目を向けます。

「じゃあまずはプーカ、あんたの不安を払拭しよう。その岸本さんの状態を確認できればひとまず落ち着けるね？　斑、忍ばせていた式神を確認しな」

「えっ!?」

なんでそんなものがあるのでしょう。

私が驚きを見せると、斑さんは気まずそうな顔をしました。

祖母は平然とした顔で腰に手を当てている辺り、そうしろと指示を出していたように思えます。

「何を驚くんだい。孫が確実に関わるあの岸本家には、敷地に入っただけで睨んでくるあやかしもいるとわかっているんだよ？　空封筒でも送って、そこに忍ばせた式神で様子見くらいするもんさ。隙を見てその岸本さんの服の縫い付けラベルにくっつくように言っておいたんだよ」

「申し訳ない……。でも、今はそれが良い方向に働いているから勘弁してほしい」

雷獣の保護にも刑部を連れて行かせた祖母です。裏がないとは思いませんでしたが、何をしていたかまでは読めませんでした。

私が言葉を失っていると、斑さんは懐から人型の式神を取り出して集中します。

ほんの数分もしないうちに彼は口を開きました。

「術中ではないですね。集中治療室にいるようで、倒れた原因について思い当たることがあるか問診を受けているところです」

「倒れはしたけど、状態が末期ってわけでもないようだね。……ふむ」

岸本さんに命の危険があればプーカも抑えは利かないでしょう。

そうした意味でもどれくらい猶予があるかは治療方針に大きく影響を与えます。

頭の中で組み立てが終わったのか、祖母はプーカのカルテを叩きました。

「状況はわかった。次にあんたの状態だ。寝ている間に検査をさせてもらったけど、尿の比重が軽かったり——とそんな補足の検査はともかく、あんたの副腎は片側が大きくなっているのをエコーで確認した。持病があるとわかったってことだね」

祖母はそう言ってカルテに貼り付けられたエコー画像の写真を指差します。

「高齢の馬では副腎皮質機能亢進症っていう病気が多くてね、疑ってみたらそれに近い病気が判明した。いくら噂が広まってもあやかしとしての力が溜まらない原因はそこにある」

手が空いたら尿比重を調べたり、エコーをかけたりするとは祖母も言っていました。

祖母は最初からこの病気を疑ってかかっていたようです。

「脳の下垂体から副腎、そして副腎が全身へとリレー形式で命令を伝達して様々な機能を調節しているんだけどね、年を取った馬は下垂体が過剰に命令を下して副腎まで暴走することがある。その状態になると体重減少、筋肉の萎縮、蹄の病気や感染症が増えたりって影響があるんだよ」

「そんなもの、あやかしとは無縁じゃ……」

「確かにあやかしの回復能力は動物の比じゃない。だけどね、娑婆で暮らしたりして老い衰えれば多くの病気になりえる。そして体の悪いところを手当たり次第に治すことに力を使ってしまうから、底が抜けた桶のように力も溜まらない。そういう理屈だ」

あやかしも病気と無縁な生き物ではありません。

歯石のように、長生きすればどうしようもなく溜まって症状が表れるものもあるし、ガンのように臓器などの一部が増殖する病気は、持ち前の回復能力でも異常と気付けなくて進行してしまうことがあります。

それこそ若者はガンになりにくいけれど、場合によってはなるのと同じ。生物である以上、それは避けられないと祖母は以前語っていました。

何十年とあやかし診療に向き合ってきたからこそ、説得力があります。

「前置きが長くなったね。ただ、あんたの場合は馬では珍しいことに、副腎にできたガンが原因だとわかった。本来ならもっと精査する必要があるけれどね、これを取れば力を発揮できるかもしれない。幸い、岸本さんはすぐに悪化する状況でもなさそうだ。折角起こした騒ぎの効力も考えるなら、今のうちに根本治療をしてから身の振り方を考えてもいいんじゃないのかい？」

本当なら精査して手術の必要性を確認するべきでしょうが、時間を置けばそれだけ噂は霧散し、また危険を冒して力を蓄える必要が出てきます。

そんな患者の事情も汲む必要があるのは、あやかし診療所ならではでしょう。

対するプーカの答えはどうでしょうか。

自分が危険を冒せば家族を助けられるかもしれない。数年も生きられないはずの命を、もっと長らえさせられるかもしれない。そんな選択肢です。

手術の成功率はどうあれ、私がプーカならきっと悩みません。

「――た、頼む。恵を助けられるかもしれないなら、なんだって構わない」

予想した通り、彼は即答でした。

□

副腎というのは腎臓の頭側にくっついている臓器で、人間でも二、三センチしかありません。

それを切除するだけといえば簡単そうにも思えます。

ただし、この臓器には動脈がたくさん走っていますし、触れ合うほどの距離には後大静脈や腹大動脈という心臓に直結する巨大な血管もあります。

副腎を走る動脈一つ一つを糸で結び、電気メスで焼いて血流を止め、切除する準備をしていかなければならないのです。

別の線に触れれば即起爆する爆発物の解体処理――そんなイメージでもいいでしょう。

祖母はその手術を見事にやり遂げました。

あとは麻酔から覚めるのを待つ状態で、純粋なあやかしとして体力がある玉兎くんが様子を見てくれています。

私たちは手術室に隣接する処置室に移動し、ひとまず息をついていました。

「皆さん、お疲れ様ですぅ。お祝いの日が凄いことになっちゃいましたねぇ」

「立ちっぱなし、足がパンパンになりそうにゃあ……」

つららさんとミケさんが用意してくれたご飯を持ってきてくれます。

パーティ用に摘まみやすい料理だったことが幸いして、エネルギー補給が捗りました。

「二人もごたごたで帰るタイミングを逃しただろう？　すまなかったね。また今度、埋め合わせでも用意しよう」

「いえいえー！　小夜ちゃんにも美船先生にも日頃お世話になっていますので！」

「回復食の缶詰で手を打つにゃ」

つららさんが愛想よく微笑む一方、ミケさんは本気の目を見せます。

そんな缶詰の情報をどこから聞いたのでしょう。

回復食は消化管を縫う手術の後や衰弱した子用の代物で、消化がよく、高栄養という特徴の缶詰です。それがまた匂いもよく、重度の腎臓病で何も食べなくなった猫でも口にすることがあるという秘蔵の品でした。

まあ、注文すれば届く品なので私は祖母の視線に従い、ミケさんに献上します。

彼女は後光が輝くほどのにんまり顔で受け取ってくれました。

「お。先生、目が覚めてきましたー」

そうこうしているうちに玉兎くんが声を上げました。

手術台で寝ていたプーカは身じろぎして顔を起こそうとしています。

しかし、麻酔から覚めやらぬ状況で立ち上がれば転倒しかねません。祖母は歩み寄ると、その体を押さえて寝かせます。

「逸る気持ちはわかるけど、今はまだ縫った傷を癒すのに力が回っているはずだよ。岸本さんの方も今はまだ経過観察で集中治療室から出ないはずだ。せめて明日の朝までは待ちな？」

「……仕方ない」

よしと頷いた祖母は続いて私に目を向けます。

「となると、小夜。一日や二日入院をするなら、あんたには岸本さんからこいつの世話を頼む電話がかかってくるかもしれない。不安は心臓にも悪いからね。電話に出られるよう、今日は家に帰りな」

「あ、はい。……でも、岸本さんは携帯電話を持っていませんでした。私の番号、覚えていないかもしれません」

「心配ないよ。斑に仕込ませた式神にはあんたの電話番号が書いてある。困っているようだったら見つけられるように仕向けるよ」

何の関係もない病室で私の電話番号を見つけたら、岸本さんは奇妙に思うでしょう。けれども、ペットの世話がかかっているともなれば確かに否やはなさそうです。

それにしてもプーカを警戒しての仕込みとはいえ、ここまでとは念には念を入れる私でも舌を巻いてしまいます。

絶句していると、祖母は余裕の顔を見せつけてくれました。

「これが備えるってことだよ。身に染みただろう？」

「……はい。精進します」

この道数十年は伊達ではありません。

手術の腕前といい、素直に脱帽です。

祖母は手術室の椅子を引き寄せると、プーカと向かい合う位置に座りました。

「プーカ。あんたにも今のうちに備えを言っておこうね。うちの孫があんたを見つけたように、きっと魔祓い師もあんたを見つけているだろう。それでも討たれなかったのは噂が最盛期のあやかし退治が手間ってのもあるし、最後のお目溢《めこぼ》しだったんだろうね。でも、痛い目を見たこの次はわからない。あちらさんも堪忍袋の緒が切れて、待ち構えているかもしれない。その時は――」

「迷惑をかけない。約束する」

「何言ってんだい。あんたは無礼な人間には痛い目を見せて、恩義がある人間には幸福を返す生き物だろう？　物を壊したり、関係のない人を傷つけたりするのは控えるべきだけど、邪魔をする人間くらいは盛大に化かしておやりよ。そうしてこそ、説話通りご主人に幸せを届けられる。むしろ狼藉者は望むところじゃないか」

それはここまで深謀遠慮を巡らした祖母からするとありえない言葉でした。

斑さんと玉兎くんは苦笑気味で、残る私たちといえばハトが豆鉄砲を食らったような顔になります。

「え。あの、おばあちゃん？　その方針は一体……？」

「生き物は生き物らしく。よく言うお話だろう？」

動物関係者としては確かに耳にする話です。

けれども、この状況ではとても頷けません。

だというのにこれほど自信たっぷりに断言されると、こちらが間違っているような気さえしてきました。

「あやかしはね、日々の教訓や願いが形になったものだよ。善人は報われてほしいという願いから生まれたあやかしが、ずっとよくしてくれた飼い主に報いることができないなんてとんでもない話じゃないか。だからこそ、普段から備えておく必要がある。妖怪ばばあの貫禄なんてものはね、こういう時に我を通そうとした結果でしかないのさ」

理想は高く。しかして堅実に。

あやかし診療における祖母の口癖だと、斑さんも言っていました。

けれども今までの祖母からすると私は疑問を覚えます。

「でも、魔祓い師はこの業界の警察みたいなものですよね？　それと事を荒立てるのはダメなんじゃ……」

「小夜、それは誤解だね。一般社会ではそうだけど、政治もいろいろと裏があるだろう？それと一緒だよ。この業界なんて、診療所とあやかしと魔祓い師で持ちつ持たれつ。規律はあるけれど、案外緩くもある。そうだろう、つらら？」

唐突に話を振られたつららさんは目に見えるほどにびくりと揺れました。

彼女は露骨に視線を逸らすと、口の前で指を交差させて×印を作ります。

「そ、それについてはノーコメントですぅ」

怪しいですね、非常に。彼女は嘘を吐けない人です。

そういえばつららさんは以前、政府と闇に葬る案件がどうのと口を滑らせていました。

おまけに、巳之吉さんの再就職について。

地元の環境保全の仕事に就けたと言っていましたが、そんな即座に滑り込めるほど枠は余っているものなのでしょうか。

私が訝しんでいると、祖母は「まあいいか」と思考を遮ります。

「小夜。いろいろと妙には思うだろうね。だからこれはおまけの問題にしよう。騙されたと思ってプーカの恩返しを見届けてくるといい。どうして魔祓い師とやりあって大丈夫なのか正解できたら、ここまで頑張った分も合わせてご褒美だ。あんたのお願いを一つ聞いてあげよう」

これはどうしたことでしょう。

祖母はいつになく甘々です。こういう時はむしろ、答えられなければ減点一としてきたところが、聖母の顔でした。ここまで頑張ったご褒美というように、私を祝福してくれる計らいなのかもしれません。

ああ、これはチャンスです。

頑固な祖母がこんなことを言い出す機会なんて二度はありません。私がこの業界に踏み入ろうとした目的の一つを叶えるいい機会です。

俄然やる気が出てきました。

「わかりました。おばあちゃん、約束ですよ」

「ああ、いいとも」

「美船先生、ちょっと待ってください。小夜ちゃんをわざわざそんな危ない渦中に放り込まなくてもいいんじゃないですか？」

私と祖母で話がまとまりそうだったところ、斑さんが口を挟みます。

彼は同情するような目でプーカを見つめました。

「プーカは岸本さんの症状を好転させられなかったら、きっと騒ぎを繰り返すと思います。助けられるか、志半ばで魔祓い師に討たれるかです。それを最後まで見届けるなんて小夜ちゃんには酷な話じゃないですか？」

「おや。あんたがそう言うとは驚きだよ。むしろ、プーカのことは一番理解できると思っていた」

と、返された言葉に斑さんは困惑の表情を浮かべました。

祖母も祖母でしばし逡巡し、言葉を選ぼうとしています。

「プーカ、あんたに訊こう。岸本夫妻とは一体何年の付き合いなんだい？」

「……三十年だ。貧相な馬として売られ、恵たちの手に渡って育てられた」

「三十年か……」

祖母が言わんとしたことを、斑さんはプーカの言葉で察したようです。彼は自らを振り返るように言葉を反芻していました。

なんとなくわかるようで、意味が繋がりません。

私が頭を悩ませていると、祖母はプーカの言葉を咀嚼するようになぞります。

「三十年か。長いねえ。妖精は純粋だから、ここまで想うなんてよっぽど大切にされたんだと思ったけど、そこまで長いとはね。プーカの噂なんて一つも上がらない異国の地で、よっぽど大切にされてきたんだね」

「あっ……」

そこまで聞いて、私にもようやくわかりました。

私たちの世界はあやかしにとっては生き辛い娑婆です。そんな世界で生きる妖精なら、相応に虚弱だったでしょう。

知名度のある現地なら細々と生きられたでしょうが、日本のようにプーカが知られていない土地では若くして死んでもおかしくなかったはずです。

けれども、プーカは愛情を受ければ恩返しをするという説話を持つあやかしでした。

岸本さん夫妻に大切にされ、ささやかな恩返しをすれば、それがあやかしとしての力になるのです。

虚弱だった馬がこんな立派な体躯で今日まで生きるほど、絶え間なく愛情を注がれていたのでしょう。

祖母は斑さんに目を向けました。

「私は次なんて考えていないよ。三十年も溜まり続けた想いなら、状況さえ整えば奇跡の一つくらい起こすだろうと思っていたからね」

この言葉で納得できます。

止血縫合の麻酔から目覚め、傷が裂開するのも構わずに暴れようとしたこと。何もできないのは身を裂かれるように辛いのはわかると祖母が言ったこと。

プーカは言葉に表さないけれど、大きな想いを胸に抱えているのでしょう。

私の胸まで痛くなるほどに感じられました。

「斑さん、あの……魔祓い師さんがもし何かしてきても、私たちなら助力できることもありますよね？」

「……そうだね。プーカ、すまない。僕の物言いが冷たかった。つまりお前は明日、岸本さんのもとに行って恩を返す。そして僕らはそれについていって、もし魔祓い師が邪魔でもするなら力を貸す。そういう運びでいいかい？」

私がねだるように言わなくとも、斑さんも心を揺らされていたのでしょう。

彼はプーカに向かって深く頭を下げました。

「構わない。……お前も大事なものがあるから言ったのはわかる。気にするな」

話はこれでひと通り終わったと見たのでしょう。プーカはそれきり目を閉じ、休息に努めていました。

椅子から立った祖母が部屋を出るようにと無言でジェスチャーします。

そしてある程度離れたところで私を見つめてきました。

「小夜。妖怪ばばあの流儀が少しはわかったかい？」

「慎重にあやかしを調べたり、地道に治療したりするのとは大違いですけど……とても大切なことだと思います」

「よろしい。じゃあ今日はもう疲れただろうし、帰ってゆっくり休みな」

「はい」

確かに午前中からいろいろとあって疲れました。

では、と帰り支度でもしようとしたところ、背に声をかけられます。

「ああ、それと明日は例の組紐を忘れないように。ちょうどいい具合な使い道があるかもしれない。どうするかはわかるかい？」

「はい、大丈夫です」

私が使えば厄介そうなあの品も、確かに使いようです。

祖母の問いにはっきりと頷きを返すのでした。

□

翌日九時ごろ、私は自室で身支度を整えていました。

とはいえ、別に戦場に出るわけでもなし。

私にできる準備といえばあやかし対策の護身具を一応持つことと、夜叉神様にもらった組紐を持っておくことだけです。

「さて、時間ですね」

これから斑さんたちと合流し、病院に向かえばちょうど面会時間という具合を予定しています。

車庫に向かってみると、そこには斑さんと老人がいました。

「岸本さんの旦那さんの姿……化けたんですね？」

自宅に訪問した際に見た写真の姿と同じです。

予想通りその正体はプーカだったらしく、頷きが返ってきました。

「傷は大丈夫なんですか？」

「ある程度は塞がった」

「噂が最盛期のあやかしなだけありますね」

縫合部位にもよりますが、普通は一週間から十日は繋がるのを待つものでしょう。それがたった一晩で治るなんてやはり人よりずっと高い治癒能力です。

同時に、それだけ傷が治っていれば治癒以外に力を回せる証拠でもあります。予想通り、これは期待できるかもしれません。

「小夜ちゃん。もし何か危ないことが起こった時はこれを」

「昨日の夕市に着ていった羽織ですね」

斑さんは昨日の面と羽織を手渡してくれました。

街中で着込むと流石に浮いてしまうでしょうが、魔祓い師はあやかしと同じく表舞台に出ることを好みません。何かあるとすれば格好を気にする必要なんてない状況になっているでしょう。

――それにしても、面と羽織は昨日に比べてずしりと重い気がします。

はて、これはおかしい。

そんなことを思っていると、羽織はもぞもぞと動き出しました。

面を持ち上げてみると、そこから覗くのはくりくりした瞳の雷獣です。

それを目にした斑さんは頭を押さえました。

「しまった。姿が見えないと思ったら潜り込まれていたか」

「昨日の私たちの話を聞いて心配してくれたのかもしれないですね」

頭を掻いてあげると、クックックと喉を鳴らしてくすぐったがり、甘噛みをしてきました。

ご飯時など、こちらの生活リズムを把握して待機していることも多い子です。

あやかしにとって過ごしにくい娑婆までついてきたということはそれなりの意味があるのでしょう。

それに、無理に引っぺがそうとすれば放電する危険性もあるので斑さんもため息一つで許容していました。

「この後の予定だけど、岸本さんが入院している病院の面会時間に合わせて行くんだったね？」

「はい。昨日、斑さんの式神で確認した通り、救急車で搬送された後は集中治療室にいたようですが、治療にはすぐに反応が出るくらい状態がよかったようです」

やはり斑さんの式神に書かれた番号を頼りに電話があったのです。

朝一から通常病棟に移動し、全体的に再検査をして今回倒れた原因の精査。治療方針によっては明日以降に退院という形になると言っていました。

だから申し訳ないけれど、馬の水や餌の用意だけどうにか頼むという内容です。

「つまり、このプーカが今日岸本さんに面会して奇跡でも起こせたなら、再検査ですぐに結果がわかるというわけだね」

「そうなります。ある意味では好都合かもしれません」

噂なんて一過性で、いつピークアウトしてもおかしくないものです。それならば早く結果がわかる方がやり直しも利いて好都合でしょう。

「もういいか？　早く出よう」

「そうですね。じゃあ車に乗ってください」

焦れた様子で口にするプーカに促され、私たちは車に乗り込みました。

時間的にはまだ早いくらいですが、どうなることでしょう。

岸本さんが入院している病院に向けて出発し、街の中心部にある通りに差し掛かってきました。すると状況の変化がちらついてきます。

「小夜ちゃん、気付いているかい？」

「はい、多少は。人通りがいつもより少ないですし、白い鳥みたいなのが視界に入ってきますね」

あと五分も走れば病院というところまで来ると、変化も濃厚になってきます。

まず、車通りも人通りも絶えないはずの道が嘘のようにがらんとしてきました。交差点で信号待ちをしていても他に車がやってくる気配はありません。

そして、視界にちらちらと入っていたのは鳥ではなく式神でしょう。

私は運転があるのでさほど目で追えないですが、斑さんやプーカはじっと見つめて警戒していました。

噂が最盛期のあやかし討伐は楽ではないですが、超常の存在に好き勝手させないという規律はやはり守りたいようです。

「これはちょっとまずいね。辺りを包囲されそうだ」

「あの飛んでいる式神ですよね。囲まれるとどうなるんですか？」

「人払いが先行して効果を発しているけど、最終的には光や音も捻じ曲げられて荒事を始めても周囲にバレなくなる。つまり、戦うリングを作られている感じだね。病院まであと少しだけど、そこのパーキングに停めよう。あと、全部の窓を開けてくれるかい？」

「わかりましたっ」

映画のようにいきなり実力行使とはならないでしょうが、もし運転中に巻き込まれでもしたら大事故必至です。

指示通りにパワーウィンドウを開け、前方に見えるコインパーキングを目指しました。

普通にこの速度で入ればタイヤが滑ってパーキング入り口の対向車側まで入ってしまいそうですが、人がいないならば関係ありません。横転しないようにだけ注意してハンドルを捌きます。

それと同時、窓の向こうには獲物を追うオオカミのように、獣を模した紙の塊が迫っていたことに気付きました。

斑さんはそれに向かって窓から呪符を投げ、無力化してくれていたようです。

ほぼ真っすぐ突っ込むように車庫入れすると同時、私たちは外へ飛び出しました。

すると、目の前に迫ったのは式神の津波です。

「ひえっ!?」

恐らくは先程の獣を模した式神がばらけ、殺到しただけなのでしょうが圧巻でした。私の身は思わず竦んでしまいます。

けれどもそれが私に触れることはありません。

私に触れる寸前、見えない壁に阻まれるように動きが止まったのです。羽織が淡く光を放っているとおり、これが守ってくれたのでしょう。

ぬいぐるみのように抱いている雷獣が放電する事態にならなくて何よりでした。

「小夜ちゃん、そのまま。プーカは走ってついてきてくれ！」

「わかった」

「ひゃぁっ!?」

雷獣を小脇に抱え、運転席を出た状態で固まっていると、体をすくい上げられました。

これはいわゆるお姫様だっこです。

抱えてくれた斑さんの首に腕を回した瞬間、ぐんと慣性の力がのしかかってきました。

斑さんはパーキングから跳躍し、垂直に立つ街路樹の幹を足場に九十度曲がって歩道に出ます。プーカは擬態を解いて雄馬の姿になると、それを追ってきました。

こちらではすぐに体力が尽きる斑さんですが、いざという時はあやかしらしく超常じみた身体能力を見せます。

「はあっはあっ、ダメか。先回りされるね」

けれども少しばかり息が乱れてきた頃、足を止めます。

地面に降ろされた私は前方を見据えました。

式神が何枚もより集まって形成しているのは、まるで魔法使い――いえ、陰陽師らしき人型です。

それが五体。前方の道を塞いでいました。

また、車を包み込もうとした時のように、ばらけた式神の群れが頭上に集合し、いくつかの塊を作ろうとしています。

「小夜ちゃん、すまない。相手は随分やり手だ。これだけ操っているのに、居場所が掴めない」

「なるほど……」

普通ならこちらを目視できるところからこれらを操っているはずが、姿も見えません。

こちらの意図を伝えて交渉できたらよかったのに残念です。

私が胸に抱く雷獣も、プーカも、交戦の気配を感じて殺気立ってきました。

荒事になっては私に出る幕もありません。やけに静まり返った周囲を見回し、思考を巡らせます。

「斑さん。ここは強行突破しましょう。私たちは争うのが目的じゃないし、何より人払いはバレないための小技です。ある種の催眠術みたいに道から人を遠ざけられても、みんなの目的地となる要所には使いようがないと聞きます」

あやかしのような超常の存在を認めれば社会が乱れる。

だから行き過ぎたあやかしは魔祓い師が討つし、魔祓い師自体もひっそりと活動をおこなう――そういうものだと聞いてきました。

大通り一つくらいなら、縦横無尽に走る別の小道を代用する人が不自然に増えれば無人化もするでしょう。

ですが、病院はそうもいきません。動かしようがない人が多くいる以上、踏み込んでしまえば魔祓い師も下手に動けないはずです。

「プーカさんの目的は岸本さんに会うことです。争って怪我でもしたら、また桶の底が抜けてしまうようなもの。本末転倒になりますよね？　後のことは後で考えましょう」

だってプーカは岸本さんを助けるのが最大の目的なのですから。

特に交戦前提のように身構えていた彼も、呼びかけると顔つきが変わります。

「おばあちゃんも言っていました。物を壊さず、人を傷つけたりせず、盛大に化かしてやりましょう」

ある程度、相手が戦力を集めてくれたのなら一点突破の頃合いです。

私はぞわぞわと動きっぱなしだった自分の影に視線を落としました。途端、影は太陽が落とす普通のものに落ち着きます。

「――センリ。私を助けてください」

口にした直後、前方にいた人型の一体が沼にでも沈むように消えました。

人型を呑み込んだ地面は固いコンクリートであり、痕跡もありません。

この異常事態に、人型にも人の癖が出ました。ぎょっと驚くように注視して固まり、今度は時が凍り付いたままの二体から首が跳ね飛びます。

見えない何かによってあっという間に食い散らかされるなんて、ホラー映画の一場面のようです。相手がただの紙で何よりでした。

「らいちゃん、ちょっと眩しいのをお願いします」

尻尾まで毛が立って膨らんでいた雷獣に呼びかけると、顔をこちらに向けました。

ずっと待てのような状態だったのもストレスだったのでしょう。毛並みが少しばかり落ち着き、抱いている腕が電気風呂にでも入るようにぴりりと痺れます。

さあ、目と耳を塞ぎましょう。

パチッと空に向かって幾筋かの電気が走ったかと思うと、落雷が起こりました。

眩い閃光に、轟音です。備えていなければ数秒は怯んだに違いありません。

「斑さん、プーカさん、行きましょう！」

いつかの刑部のように大きくなったセンリがその体を擦りつけてくるので、私はそれに跨ります。

見れば斑さんもプーカの背に飛び乗っていました。

センリは風のように走り出し、プーカは力強く駆け出してそれを追いかけてきます。

……そういえば、まっすぐ突っ切ったプーカは途中、式神を跳ね飛ばしました。

何でも、プーカ本来の伝承では、彼をないがしろにした人はその背に放り投げられ、じゃらじゃらと巻かれた鎖を手綱代わりに命懸けのロデオがスタートするのだとか。

けれど背中には斑さんがもう跨っているだけに、べしゃりと地面に叩きつけられるのみでした。

雷光がいい感じに目くらましになった上、宙に浮いていた式神に落雷して焼き払えたらしく、追いかけてくるものはありません。

病院の正面玄関に辿り着くと私はセンリから降り、プーカは人の姿に化け直します。

「やはりここには人の気配がありますね。普通の日常です」

少しばかり驚き気味に病院内を眺め回します。

先程までの争いに気付いた様子もなく、看護師さんが受付で問診票をやり取りしたり、入院患者が車椅子で移動していたり、バスが病院前に到着したりしていました。

斑さんも後方をじっと睨んでいましたが、こちらに視線を戻します。

「ひとまず見逃されたみたいだね。今のうちに行こう」

呼びかけに頷きを返していると、プーカはずかずかと受付に歩を進めていきます。

「どのようなご用件でしょうか？」

「昨日、救急車で搬送された岸本恵の面会に。朝一に一般病棟へ移動したと聞いている」

「あ、はい。旦那様……ご家族ですね。少々お待ちください」

旦那という言葉にプーカは口を噤《つぐ》んで反応しようとしませんでしたが、後ろにいた私たちも含めて年齢構成がよかったようですぐに応じてくれました。

病院の五階、エレベーターで上がって目の前の四人部屋にいるそうです。私たちはすぐに移動します。

昨日、診療所に運び込まれてからずっと、居ても立ってもいられない様子でした。

プーカはエレベーターのドアが僅かに開くと身を滑り込ませるようにして、早足で目的の病室に向かいます。

「小夜ちゃん。僕たちはしばらく控えていよう」

「お邪魔になっちゃいますもんね」

カーテンで仕切られた四人部屋とはいえ、傍にいれば下手に気を遣わせるでしょう。

私も一歩を踏み出すか迷っていたところです。斑さんに手を引かれるまま、入り口の脇に留まりました。

こちらからは辛うじて見えますが、傾斜のついたベッドに体を預けている岸本さんからは見えにくいはず。見守るにはいい位置でした。

プーカが近づくと、岸本さんはハッと息を詰まらせ——驚きもすぐに融解して、穏やかな表情で迎えました。

「お見舞いに来てくれたのかい？」

「……すまない。俺のせいで、すまない……」

プーカはベッド際でがくりと膝をつくと、深く俯きました。それは見舞いというより懺悔の光景です。

心不全なので安静にすべきところが、日常の馬の世話で負荷をかけていたのです。

一緒にいたいけれど、それは岸本さんの負担にもなる。プーカとしては辛い日々だったのかもしれません。

下を向いたままのプーカに岸本さんは手を差し伸べ、頭を撫でました。

「何を言っているんだろうね。私が目の前で倒れたから救急車を呼んで助けてくれたっていうのに。ありがとうと返すべきなくらいだと思っているよ」

どうしたことでしょう。この物言いはまるで素性を知っているかのようです。

最初こそ驚きましたが、それからは柔らかな表情で受け入れています。

推測するに、岸本さんは三十年も共にいるうちに、彼があやかしだと気付いたのではないでしょうか。

亡き旦那さんの姿に驚きはしたものの、プーカだと気付いたのなら納得の流れです。

「違う。もっと前から……。俺は、俺は……大切にされたのに、恩を返せなかった……。あの時も助けられなかった……」

「それは違う。あの人が死んだのは自分でバイク事故を起こしたからだよ」

岸本さんの家に行った時、馬術の品々や写真に交じって置かれていたヘルメットは大きく破損していました。

やはりそれは旦那さんのものだったようです。

岸本さんは泣く子をあやすように撫でながら語ります。

「あの人はね、本当にやりたい放題する人だった。あんな立地の悪い家を馬術クラブにしたり、バイクまで趣味にしたり、借金も考えないでまさに太く短くって感じでね。この歳まで何事もなくいたら、愛想を尽かしていたと思う。それが、自分にかけていた保険金で全部を帳消しにして、ぽっくり逝ってしまったんだよ。お前が悔やむことはない。自業自得なんだよ」

「でも、恵はずっと泣いていたじゃないか……！　厩舎にいた俺たちの前では笑っていたのに、仏壇やヘルメットの前ではずっと……！」

「……そうだね。良くも悪くも夢を見させてもらった。急にいなくなったものだから、寂しくなったんだろうね」

子供は幸せな家庭だと思い込んでいたけれど、いざ大人になって本音を聞いてみると両親が互いにどんな感情を抱いていたかを知って驚く話があります。

岸本家で馬として生きたプーカにとっても、それと同じものがあったのでしょう。

けれども、岸本さんの顔を見ればわかります。憎まれ口を叩いたとしても、根幹にあるのは深い愛情でした。

それがわかるのは、私も同じものを味わっているからです。

祖母に、兄に、そして斑さんに。その他にもたくさんの愛情に恵まれて生きています。

もしこの温かさが奇跡に変わるとしたら、どれだけのものが起こるのでしょう？

単なる気遣いだけでも、結果は変わります。

感情や願いが力を持つなら、奇跡の一つや二つは起きて然るべきではないでしょうか。

その後のプーカと岸本さんはまさに親と子のようでした。

兄は馬を飼うのは子供を養うようなものと言っていましたが、この風景もまたそれに当てはまると思います。

「――岸本さん、午後に結果を出すためにも検査を始めましょう。大丈夫でしょうか？」

しばらくして、看護師がやってきました。

ある程度は状況が落ち着いていたので、普通の面会のように見えたことでしょう。

岸本さんは車椅子に乗せられ、病室から出てきます。

「おや。やっぱり小夜ちゃんがあの子を連れてきてくれたんだね？」

廊下で待っていた私たちはそこで岸本さんと顔を合わせました。

「岸本さん、電話でのお話と違った状況ですみません」

電話では、岸本さんの入院中は私が馬のプーカの世話を請け合った形でした。しかし、プーカはこの場に来ているのです。

私は頭を下げるものの、彼女の表情は非常に穏やかでした。

「いいや、ありがとう。あの子もずっと秘密にしていたようだから、私も知らない振りを続けていたんだよ。でも、こうして打ち明けることができて、胸のつかえが取れたようでね」

岸本さんは自分の胸に手を当てて語ります。

それはただのたとえではないでしょう。彼女の表情だけでなく顔色も鮮やかで、少し目立っていた目の充血も消えている気がします。

魔法のような特別な輝きがあったわけではありません。ですが、プーカの気持ちは確かに届いていることが感じられました。

そして彼女は思い出したように、「一つだけ謝りたいことがあるんだ」と口にします。

「小夜ちゃんが調べていた『富士の不死』の噂はね、あの子がやっていることを知って、少しでも助けになれればと流した作り話なんだよ。噂を追っていた小夜ちゃんは謝ってきたけど、私もあの子の世話を頼める人として頼らせてもらったんだ。悪かったねえ」

「いいえ。私も噂の正体を掴めて助かりましたし、役に立ったなら幸いです。これからもできることはさせてもらいますから、安心して検査に行ってきてください」

検査時間を気にして看護師さんがそわそわとしてきたので、私たちの会話もそこで切り上げます。

プーカも合わせた三人で岸本さんを見送りました。

その姿が見えなくなってから、プーカは私たちに向き直ってきます。

「ありがとう。これでやるべきことは終えられた。魔祓い師に会ってくる。もう迷惑はかけない」

「待ってください、プーカさん。それであなたがいなくなったりしたら、岸本さんはそれこそ悲しみます」

プーカとしては役目を果たした今ここで、一連の騒ぎを清算したくなったのかもしれません。

けれども、岸本さんが彼に向けた表情を見ればわかります。

もし何かがあれば、悲しまないわけがありません。

それこそ奇跡が無駄になるくらいの負担になってもおかしくないはずです。

では、私たちはどうしたらいいのか。

その答えはもう私の手の中にありました。

「プーカさん。身投げをするような覚悟があるなら、もっといい手段があります。あなたというあやかしこそ適任の話です。聞いてもらえますか？」

その内容を説明するためにも、私は彼の手にそれを預けるのでした。

□

午後になれば岸本さんの検査結果は出るそうです。ならばそれまでに話をつけ、すっきりと奇跡を見届けるのが最良でしょうか。

ケリをつけるためにも三人で病院を出ると、そこは嘘のように静まり返っていました。場はすでに整いきっているようです。

あちらもその気。私と斑さんも羽織と面を身に着け、覚悟はしています。

こつこつと硬い靴音を静寂に響かせ、一人の人間がやってきました。神主や平安時代のような装束に、口元を布で覆い隠した人物です。

ひらひらとした服装で体形が隠れる上、目元しか確認できないのでほとんど情報が読み取れません。辛うじてわかるのは、大人の男性というだけです。

「小夜ちゃん、観察しても無駄だよ。相手を認識できなくなる術が掛けられているみたいだ」

斑さんも目を細めていましたが、諦めた様子です。

彼にも打つ手なしということは私では何の役にも立たないでしょう。素直に会話できるか試みるのみです。

「先程、追いかけてきた魔祓い師さんですね。失礼しました。私たちはあやかし診療所の者です。彼の治療と、たっての願いがあって病院まで来ました。今は彼の大切な人が検査中ですが、きっともう騒ぎを起こすことはないと思います」

はいそうですかと終わってくれればいいのですが、それは希望的観測でしょう。

魔祓い師は懐から呪符を取り出して広げ、斑さんもそれに応じて呪符を手に取っています。足元のセンリや懐の雷獣といい、ピリピリと張りつめていっているのがよくわかりました。

「あやかしが過ぎたれば世の平穏を乱す。望みを叶えんと暴れる者には罰を下さねば規律は保てない。だが、診療所もまた安寧のためには必要な組織だ。傷つけたくはない。そこを退くべきだ」

「わかりました。私たちも荒事は避けたいので、仲裁役だけ呼びたいと思います」

予期した通り、話が通る状況ではありませんでした。

ええ、そもそも話をしてくれるのなら、あやかしを痛めつけずに忠告をしてくれることでしょう。厳しい対立こそがあやかしと魔祓い師の規律の保ち方なのです。

診療所が堅持する応招義務——助けてくれと言われれば誰でも治療するのもまた規律。大切さは理解できるからこそ、これらに異を唱える気はありません。

それを考慮した上での対応を考えればいいだけです。

私がプーカに視線を向けると同時、動きがありました。

紫電をまとう呪符がいくつも投げられ、周囲から様々な形の式神が飛び掛かり、式神の群れが周囲を渦巻きます。

今こそ手渡した道具の使い時でした。

それぞれが身構える中、プーカは手にした組紐の封を解きます。

瞬間、編み込まれた糸は千々に分かれ、猛烈に燃え上がりました。天を焦がす勢いとはまさにこのことでしょう。

そして魔祓い師とプーカの間を分かつ大きな炎から腕が伸びてきて、人影が頭を覗かせます。

「——おや。おや、おや、おや？　これは久方ぶりに血沸く最中に引っ張り込まれたねえ」

くふ、と妖艶な笑みが零れたその瞬間、私たちを囲んでいた式神は塵に還りました。荒れていた空気も嘘のように凪ぎます。

何があったのかは、誰にもわかりません。

ただわかるのは、金色に輝く独鈷を口元に添え、笑みを浮かべる夜叉神様が目の前に現れたということだけです。

「それにしても、ええの？　祝部のお嬢ちゃん、神は対価を求めるよ？」

そこにいるだけで周囲にびりびりと圧力を感じさせる夜叉神様は、封を解いた主を求めて振り返ります。

戦闘の最中に視線を逸らすなんてあるまじきことですが、そんなことも余裕という強者の振る舞いでしょう。

一般人としてはそんな圧力は辛いので、私は極力遠方に距離を取って眺めていました。

はい。断じて最前席ではありません。

夜叉神様は人の身から馬の姿に戻るプーカを目撃し、次に病院の植え込み辺りまで避難していた私に視線を移します。

「……えぇ？」

眉をハの字に寄せた彼女は、ぺちりと自分の額を打ちました。

「いけずやわぁ。確かにね、おいたを好きにさし、困り果てて縋ってきたところを丸め込んでやろうかなと仕組みはしたんやけど。物は使いようやね。あぁ、賢い賢い……」

ぐぬぬと悔しそうに顔を歪めていた彼女は観念してプーカに目を向けました。

神様は人の願いを安易に叶える存在ではありません。ですが、こうして自ら渡した品で縁を結ばれては応えずにはいられないでしょう。

物は使いよう。まさにその通りです。

「お馬さん。あんた、あの子と縁があった鎖の子やね。何がお望み？」

「俺が世話になった飼い主を、最期まで見届けたい」

夜叉神様に向けて深く頭を垂れていたプーカは願いを口にしました。

それを耳にした夜叉神様は先日、私にやったように深く見つめます。そして彼女の登場を境に同じく頭を垂れて動かなくなった魔祓い師も見据え、目を細めました。

「好き勝手騒いで、最後は神頼み？　えらいお利口やねえ、お馬さん。朝はちゃぁんと食べて来はった？　そういう不埒《ふらち》なお願いはね、高《たこ》うつくんやけど、計算できとるかな」

私や玉兎くんへの態度と違い、突き放すように冷たい声なのは気が乗らないが故なのでしょう。

彼女は宙に浮いたまま、そっぽを向こうとしています。

けれどもそれを前にしてもプーカは揺るぎませんでした。

「どんな対価でも構わない。この三十年、生きてこられたのは恵たちのおかげだ。見送るためならなんだってする」

「ふーん」

言葉を静かに受け取った夜叉神様は、頭を垂れたままのプーカを見やりました。

そうして目に留めるだけの価値があると認めてくれた証拠なのでしょう。

私は一押しするためにも、その場に近づきます。

「夜叉神様、本当は私がしばらくお寺のお手伝いをするとかがお望みだったんでしょうか。ご期待に沿えなくてすみません。でも私がこのプーカさんを推す理由もあるので聞いてくれませんか？」

夜叉神様は恨みがましそうに、じとーっと視線を向けてきます。

幽霊の類が見えるのは神職に必要とされる才能だそうですし、センリも神様の力で守護霊になった特別な存在です。私は小間使いとして便利になりそうなので贔屓してくれたのでしょう。

けれども、それと同じくプーカは夜叉神様にとって助力になり得る存在だという確信もありました。

「アイルランドの馬の妖精、プーカは敬えばそれに応えてくれる子です。そして、そういう説話が根付いている地域だと、毎年十一月一日に姿を現して予言や警告を与えてくれるそうなんです」

「はいはい。それこそ縁を司る神様にぴったりのお馬さんやねえ。そこまで正論を引き当てて言われるとねえ、返す言葉もあらへんよ」

夜叉神様は深く息を吐くと、地面に降りてプーカの前に立ちました。

「ちょうど乗り物を欲しがっていた神さんがいてね。お前が望むんなら神馬として召し上げよう。そして望み通り最期まで主を見届けて、魂を正しき所に送っておあげ。ただし、その後にどれだけご奉公が要るかまでは知らへんからね？」

夜叉神様はプーカの頭に手を置き、確認を取るように呟きます。

それにプーカが応じた瞬間、彼の首に下がっていた鎖は消え失せて、しめ縄に変わりました。

私の記憶が正しければ、ミシャグジ様が身に着けているのと似通っています。要するに、神様に認められた証とでも言えましょうか。

一仕事終えた夜叉神様は振り返って魔祓い師に目を向けました。

「そういうことになってしまってね、この子はうちで面倒を見るわ。迷惑をかけた分、融通を利かすさかい、堪忍してくれへん？」

「……御意に」

魔祓い師自身、能力のために神様の力を借りていたり、大多数のあやかしを治めるのに神様の威光を用いたりしているものです。

こうと言われれば否はありませんでした。

答えた魔祓い師の身には式神が巻き付き、それが散ると共に姿まで消え失せてしまいます。

こうして、『富士の不死』と『鉄鎖の化け物』の案件も終わりを迎えたようです。

緊張の糸が切れた時、不意に病院の方に目をやった夜叉神様はプーカをぺしりと叩きました。

「あんたが望む結果、出たようやね。聞き届けたら最初のお仕事。うちを寺まで乗せて帰ること」

流石は縁を司る神様です。検査の結果もお見通しでした。

私の一押しなんてあくまでおまけ。プーカがどれだけひたむきな想いでやってきたのかを見通して、認めてくれたのかもしれません。

病院の前らしく人の気配が戻ってきたので私は面と羽織を脱ぎます。

すると私の肩に斑さんがとんと手を置いてきました。

「小夜ちゃん、一件落着だね。お疲れ様……」

「最後までありがとうございま……って、あわわわ!? 斑さん、凄く顔色が悪いんですけど!?」

「こっちでこれだけ大立ち回りをすると流石にね……」

式神を散らしたり、私の身を守ってくれたり。確かにあれこれと力を使わせてしまいました。

私に身を預けてどんどん足の力が失せていくのですが、成人男性を抱えるのは流石に堪えます。車までは距離がありますし、どうしたものかと私は視線をさまよわせるのでした。

エピローグ

プーカの騒動が終わってから、岸本さんは無事に退院しました。

病院に救急車で搬送され、心不全の悪化が予想された――そのはずが、全身の検査結果はあの年齢には珍しいほど健康的な数値が並んだそうです。

「その状態なら無論、酸素療法なんていりません。継続的に検査しつつ、奇跡みたいな健康を維持するために運動も取り入れていこう。そんな方針に落ち着いたそうです」

私はこの話を、情報提供してくれた喫茶店のマスター相手にしていました。

幸い、昼前の時間帯なので客もウェイトレスも少なく、プライバシーを気にするほどではありません。

不思議なほどの静けさに包まれた一対一での対話です。

淹れてもらったコーヒーを休み休み口にしながら、ゆったりと語らいます。

「そこまで深い話は控えたいけれど、幸せそうで何よりだよ。それにしても、話を聞くほどに影がちらつく。やっぱりお嬢さんは怪談を解決する文学少女じゃないのかい？」

「いいえ、まさか。今日持ち込んだ大きなバッグはマスターに作ってもらったオードブルを持ち帰るための代物ですよ？」

　私は空っぽのバッグを叩き、そんな不思議な存在ではないことをアピールします。

　マスターは肩を竦めながらもせっせとオードブルを容器に詰めてくれていました。

「ご贔屓にしてもらって感謝するよ。ところで、これは随分な量になるね。どこかでパーティでも催すのかい？」

「はい。私がいろいろと頑張ったご褒美として、おばあちゃんを家に招いてパーティを開くことになりまして。我が家の敷居を跨ぐのは十三年ぶりにもなるんですよ？」

「それはまた随分と疎遠だったんだね。しかし、込み入った話をこの場でしても大丈夫かい？」

「大丈夫ですよ、魔祓い師さん。そもそもおばあちゃんとは知り合いですよね？」

　これだけ深い話をしたのは当事者だったからです。

　口にしてみるとマスターの表情こそ変わりませんでしたが、オードブルを詰める動きが一瞬鈍っていました。

　彼は何事もなかったかのように作業を継続しながら問い返してきます。

「どうしてそう思ったんだい？」

「兄たちとご飯を終わらせてお会計を精算する時、私の守護霊がお釣りを猫パンチで落とさせちゃいました。咄嗟に私が謝ったけれど、マスターは全く怪訝そうにもしないで受け答えしていましたよね」

「そんなことがあったんだろうか。この歳になると、数日前にもなる記憶はね……？」

「あ、それはすみません」

むむと真剣な面持ちで呟いた辺り、本気で忘れていたのかもしれません。

別にこれでどうこうするわけではないので、私も砕けた表情で返します。

「実はプーカの恩返しに付き合うと決めた時、魔祓い師とやりあっても大丈夫だから、プーカの恩返しを見届けてくるといいと言われたんですよね。どうして大丈夫なのか正解できたらお願いを聞いてあげると言われまして」

「なるほど。それがパーティへの招待と」

そこまでやりとりすると、私がもう真相を祖母から聞いていることがわかったようです。

マスターは納得するように何度か頷きました。

「この姿婆だと、あやかしはすぐに疲れちゃいます。私にお守りをつけてくれることはありましたが、あのおばあちゃんがそれで安心するかといえば疑問だったんですよね。その点、魔祓い師さんがこっそり見ていたのなら納得かなと思いまして」

「ははは。名推理だ、お嬢さん。やはり彼女のお孫さんなだけはある」

祖母が思慮深いのは共通認識なのでしょう。

マスターは親戚のおじさんのような顔で認めます。

「魔祓い師もあやかしも、互いを全否定しているわけじゃない。もちろん、診療所もだ。折り合いがつけられる範囲で協力しているんだよ」

「じゃあマスターは私のお守りをする代わりに何をしてもらったんですか？　おばあちゃんもそれは教えてくれなかったんですよね。気にする必要はないって」

「それは君のスカウトだよ。私たち魔祓い師は神様の力を借りたり、神使のような獣を使役させてもらったりしてお役目を果たす。その点、霊をいくらか見える上に強い守護霊が憑いている君は非常に有望株だ。大成するのは保証しよう。こちらで働く気はないかい？」

「ごめんなさい。私、診療所で働くと決めていまして」

「ふぅむ、やはりそうか」

なるほど。

私が診療所で働く意気込みを聞いていれば、こうして勧誘を袖に断るのも予想できるでしょう。

確かに魔祓い師も人のために必要だとは思います。

しかしながらその道を歩もうとまでは思えません。

「あの華麗な呪符捌きや式神にも興味はないかい？」

「ごめんなさい。今は薬剤師と診療所の勉強だけでもひぃひぃ言っていまして……。おばあちゃんと同じくできる範囲ではお手伝いしますし、卒業後くらいにでもまたお話を聞かせてくれませんか？」

「ああ、いいとも。その時は歓迎しよう。この子たちも待っているよ」

「この子たち……？」

マスターが呟くと、その背後からひょっこりと顔を出すものがいました。

雪山で顔を覗かせるオコジョのようで――しかし、耳も大きく尻尾もふっさりと大きなあやかしです。

これはいわゆる管狐《くだぎつね》でしょうか。

その気配を感じるや、私の肩にセンリが飛び乗り、睨みを利かせます。この子の動物嫌いは魔祓い師さんのお供相手にも健在でした。

センリに気圧され、管狐はマスターの背に隠れます。

そんなやり取りを苦笑しながら見つめていたところ、オードブルが完成して目の前に差し出されました。

「お世話になりました。では、また来ます」

「ああ、またおいで」

ここは大学からもさほど遠くないので、ふらっと立ち寄るにはいい立地でした。社交辞令ではなく、数日中にはまた寄ることでしょう。

会計を済ませた私は急いで家に帰りました。

自宅にオードブルを置き、まほろばにいる祖母を迎えに行きます。

しかし、わざわざ診療所まで行くには及びませんでした。

家の裏庭まで出ると、祖母と斑さん、玉兎くんがすでに到着していた様子です。

　この場所に初めてやって来たらしい玉兎くんは物珍しそうにあちこちを見て回っており、斑さんは縁側に座り込む祖母を気にしながらも玉兎くんについています。

　私とセンリの事故を境にして十三年ぶりの我が家なのです。感傷に浸るのは無理もありません。それこそ祖母にとってはトラウマとなっていてもおかしくないでしょう。

　ええ、はい。この時が来ました。

　最初から決めていたことです。

　過去が尾を引いているのは私よりむしろ祖母の方でした。

　大切な家族で、憧れの人。

　その胸に深く刺さったトゲは、私でないと抜けないのです。

「おばあちゃん、懐かしいですね。お父さんやお母さんは病院の切り盛りで忙しくなって、私はよくここで遊んでもらっていました」

　六歳かそれ以前の話です。

　記憶としてはかなりおぼろげですが、ここで書斎にある本の読み聞かせをしてもらったり、一部の心優しいあやかしと戯れたりした覚えだけはありました。

　思い出に浸りながら、祖母の横に座ります。

　……そう。

　刑部は当時も私が抱き締めようとすると脚をつっかえ棒にして拒否した気がします。

　記憶があらぬ方向へ脱線した時、祖母は口を開きました。

「何でもかんでも、やればやるだけ誰かのためになると思い上がっていた時期だね。小夜、あんたはそういう失敗をしちゃいけないよ」

表の動物病院の営業は両親に任せ、祖母は裏であやかしの治療。そんな両立をしていた気がします。

そうして出入りするあやかしが、動物病院に現れる霊という噂となってセンリが生まれました。

そのセンリに憑りつかれた私を神様が助けてくれて、祖母と斑さんはもうこんなことが起こらないようにとまほろばへ行ったのです。

「はい。おばあちゃんが教えてくれることは今まで学んできたことなんですよね」

「そうだよ。今のところ、小夜はかなり上手くやっていると私でも思う。安心しな」

「私はおばあちゃんに教えてもらってばかりですね。でも、待っていてください。私だって勉強して、助ける側になりますから」

そのために薬剤師としての知識を身につけようとしているのです。

無論、医療系という同じ分野に触れているので画期的な提案というのは難しいですが、日々の小さな助けにはなれるでしょう。

そうして頼もしくあることも、祖母の記憶に残る私を書き換えるチャンスです。

けれども私の意気込み表明に対して祖母はくすくすと笑いを零しました。

「小夜は一つ間違っているよ。あんたは教えられているばかりじゃない」

「それはもう薬の面で役に立てているってことですか？」

「いや、もっと前の話だよ」

「もっと前、ですか……？」

診療所に関わったのは今年から。それ以前となると十三年前まで遡るわけです。

当時の記憶なんて確かなものは残っていないので、こんな言われ方をしても全く身に覚えがありません。

自分だけ納得して笑っていた祖母はようやく説明してくれる気になったのか、私に目を向けてくれました。

「確かに私は小夜のことで罪悪感に駆られていたんだよ。家族に迷惑がかかるくらいなら、いい歳だし、あやかしのことも放って引退すればよかった。そうすれば、アレルギーを患うようになった小夜を家で一人にすることもなかったからね。だけど、そうはしなかったんだ。どうしてだと思う？」

「ええっと……」

言われてみれば、そんな選択肢もあったかもしれません。

しかし、祖母は傷ついた動物を拾い上げ、「仕方ないねえ」とぼやいて癒してきました。

引退するという選択肢はあっても、それを選ぶとは思えないのです。

何故かと言われれば困りますが、祖母はそうして命を助ける理想像でした。

だからこそ、今の選択肢を選ぶのは当然で、私よりあやかしを取ったと思うこともありません。

答えを出せずにいたところ、祖母は眉をひそめました。

「てんで覚えがなさそうな顔だね。私は小夜から学んだと思っていたのに、そんな顔をされる方がショックだよ」

「……え？　待ってください、おばあちゃん。ヒントをください。ヒントを!?」

祖母が心に負った傷を癒そう。

そう思ったはずが、雲行きが怪しくなってきました。

玉兎くんはこちらに気付くとさも楽しげに観戦ムードで、斑さんは私と目を合わせてくれません。

あれは絶対に答えを知っている様子です。

私が困惑していると、祖母はため息を吐きます。

「あんたがセンリに憑りつかれた時を思い出そうか。私にも、誰にも見えやしないもののせいで小夜は苦しんでいたんだよ。そんなもの、守護霊にするなんて回りくどい方法なんて取らず、すぐさまお祓いをして助けたかったところだった。その時、あんたはどう言った？」

「……覚えていませ——痛ぁっ!?」

真剣に考えた後に答えたところ、太ももに痛みが走りました。見れば、影から顔を覗かせたセンリが噛みついています。

祖母も眉間を押さえていますし、これでは私だけ薄情者です。

待ってください。熱に浮かされて唸っているときの発言。それも六歳の頃の記憶を掘り返せなんて無理があります。

うーうーと唸るセンリを抱きかかえていると、祖母もようやく妥協してくれたように口元を緩めました。

「この子のことは私にしかわからない。私しか助けられない。だから殺さないでって言ったんだよ」

「そ、それはまあ、おばあちゃんが言いそうですし、私も言うと思いますけど……」

「いいや、私ならさっき言った通り、家族を選ぼうとしたんだよ。でもその時に思ったんだ。あんたが慕ってくれる私が、そんな消極的に引退していいのかってね。こうして十三年経って思うよ。あの言葉がなければ、私は後悔していたと思う。だからね、ありがとう。小夜」

感謝されても複雑な気分です。

とどのつまり祖母は過去を克服していて、私はセンリに噛まれ損でした。

「じゃあ、おばあちゃんはどうしてここでしんみりしていたんですか？」

半ば涙声で問いかけてみると、祖母は肩を竦めます。

「引退していたらどうなったか考えていたんだよ。斑もまほろばでの基盤作りに苦労しただろうね。失敗を省みるならともかく、ありもしなかった顛末を考えて落ち込むなんて、いかにも無駄な時間を使ってしまったよ。それより小夜。私は用心して十三年も音信不通を貫いたが、余計な出入りは面倒事を呼ぶかもしれない。あんたもそこは注意すべきだ」

「で、でも、治療で頻繁に出入りするならともかく、私が通るくらいは……」

「先日はつららも通って、今回は雷獣とプーカも通ったんだろう？　本当に大したことがないって言えるのかい？」

「うっ……。その辺り、対策は考えます。講習会のためによく通るようになった斑さんも巻き込んで、いい案を出します」

「ああ、そうしな」

先程から助け舟を出してくれなかった斑さんに仕返しをするためにも、袖を握り込んでおきました。

対応策を考案するのにとても苦労しそうですね。死なば諸共です。苦しみを分かち合いましょう。

彼に濁った目で恨みを訴えていると、祖母は立ち上がりました。

「さて、久方ぶりに家族団欒といこうかね。小夜、案内しておくれ」

「あ、はい。じゃあ行きましょう！」

まあ、折角の祝いの席ですし、ひとまずよしとしましょう。

祖母の声に応じ、私は飛び石を渡って先導するのでした。

あとがき

蒼空チョコと申します。本作を手に取ってくださり、ありがとうございました。獣医師としての知識を活かした作品はこれで十五冊目となります。ファンタジー、文芸、ミステリーなどを経てこなれてきた実感もありますが、いかがだったでしょうか？

本作では今まで以上に登場人物同士の絆を意識して描きました。目立たない例で言えば小夜のお兄ちゃんです。小夜と馬のお話をした後に仮眠を取り、斑と会話をした後に例の喫茶店へ向かっているのです。こんな風に過保護なのはきっと美船おばあちゃんから引き継いだ血筋なのでしょう。

古き良き家族のような繋がりが上手く見せられていたら何よりです。そして私のこだわりといえば、ノンフィクションと思わせるくらい現実と地続きの世界観です。

本作でそれを象徴した要素といえば、イギリスの妖精が日本によく移住していることや牛とクモが合体した牛鬼は薬選びが難しいなどなどです。

化け猫が行灯で額を焼くという〝生活習慣〟病を思いついた時には、「うおおっ、これはドハマりする要素が生まれてくれた！」と興奮したものでした。

彼らはこんな生態で、私たちの身近にもいるかもしれません。いえ、そもそも私が小夜や美船先生のようなことをしながら筆を執っているのかも。

そういう意味でもこのあやかし物語は『おとなりさん』の物語なのでしょう。

さてさて、こだわりはさらにもう一つ！

人語を話さないけど、仕草で主張する化け物というのが私は大好きなのです。刑部やセンリなどの行動に癒されてくれたら嬉しいですね。

現実離れした彼らの姿を描き、ことのは文庫さんらしい姿で命を吹き込んでくれた、おないちあきさんやそのほかこの本に関わってくれた方々にも感謝したいです。

面白いと思ったらぜひお友達にも紹介してください。ことのは文庫さんではコミカライズ作品もありますし、続巻や漫画化もしていけるかもしれません。

それでは、あとがきはこの辺で。

また別の本で出会えることを願っています。

二〇二一年一月　蒼空チョコ

ことのは文庫

おとなりさんの診療所《しんりょうじょ》
〜獣医《じゅうい》の祖母《そぼ》と三《みっ》つの課題《かだい》〜

2021年2月28日 初版発行

著者 蒼空《あおぞら》チョコ
発行人 子安喜美子
編集 佐藤 理
印刷所 株式会社廣済堂
発行 株式会社マイクロマガジン社
URL：https://micromagazine.co.jp/
〒104-0041
東京都中央区新富1-3-7 ヨドコウビル
TEL.03-3206-1641 FAX.03-3551-1208（販売部）
TEL.03-3551-9563 FAX.03-3297-0180（編集部）

ISBN978-4-86716-111-1 C0193